# 目次

KUMA KUMA KUMA BEAR vol.2

# くまクマ熊ベアー 2

くまなの

PASH!文庫

## 🐻 スキル

### 🐻 異世界言語
異世界の言葉が日本語で聞こえる。
話すと異世界の言葉として相手に伝わる。

### 🐻 異世界文字
異世界の文字が読める。
書いた文字が異世界の文字になる。

### 🐻 クマの異次元ボックス
白クマの口は無限に広がる空間。どんなものも入れる（食べる）ことができる。
ただし、生きているものは入れる（食べる）ことができない。
入れている間は時間が止まる。
異次元ボックスに入れたものは、いつでも取り出すことができる。

### 🐻 クマの観察眼
黒白クマのフードにあるクマの目を通して、武器や道具の効果を見ることができる。
フードを被らないと効果は発動しない。

### 🐻 クマの探知
クマの野性の力によって魔物や人を探知することができる。

### 🐻 クマの地図
クマの目が見た場所を地図として作ることができる。

### 🐻 クマの召喚獣
クマの手袋からクマが召喚される。
黒い手袋からは黒いクマが召喚される。
白い手袋からは白いクマが召喚される。

### 🐻 クマの転移門
門を設置することによってお互いの門を行き来できるようになる。
3つ以上の門を設置する場合は行き先をイメージすることによって転移先を決めることができる。
この門はクマの手を使わないと開けることはできない。

## 🐻 魔法

### 🐻 クマのライト
クマの手袋に集まった魔力によって、クマの形をした光を生み出せる。

### 🐻 クマの身体強化
クマの装備に魔力を通すことで身体強化を行うことができる。

### 🐻 クマの火属性魔法
クマの手袋に集まった魔力により、火属性の魔法を使うことができる。
威力は魔力、イメージに比例する。
クマをイメージすると、さらに威力が上がる。

### 🐻 クマの水属性魔法
クマの手袋に集まった魔力により、水属性の魔法を使うことができる。

威力は魔力、イメージに比例する。
クマをイメージすると、さらに威力が上がる。

### 🐻 クマの風属性魔法
クマの手袋に集まった魔力により、風属性の魔法を使うことができる。
威力は魔力、イメージに比例する。
クマをイメージすると、さらに威力が上がる。

### 🐻 クマの地属性魔法
クマの手袋に集まった魔力により、地属性の魔法を使うことができる。
威力は魔力、イメージに比例する。
クマをイメージすると、さらに威力が上がる。

### 🐻 クマの治癒魔法
クマの優しい心によって治療ができる。

## 🐻 装備

### 🐻 黒クマの手袋（譲渡不可）
攻撃の手袋、使い手のレベルによって威力アップ。

### 🐻 白クマの手袋（譲渡不可）
防御の手袋、使い手のレベルによって防御力アップ。

### 🐻 黒クマの靴（譲渡不可）
### 🐻 白クマの靴（譲渡不可）
使い手のレベルによって速度アップ。
使い手のレベルによって長時間歩いても疲れない。

### 🐻 黒白クマの服（譲渡不可）
見た目着ぐるみ。リバーシブル機能あり。

表：黒クマの服
　　使い手のレベルによって物理、魔法の耐性がアップ。耐熱、耐寒機能つき。

裏：白クマの服
　　着ていると体力、魔力が自動回復する。
　　回復量、回復速度は使い手のレベルによって変わる。耐熱、耐寒機能つき。

### 🐻 クマの下着（譲渡不可）
どんなに使っても汚れない。
汗、臭いもつかない優れもの。
装備者の成長によって大きさも変動する。

## 27 クマさん、噂になる

クマハウスを建てて数日、ここは名物通りになってしまった。

空き地に誰も知らないうちに建物ができあがり、その家の外観がクマ、そこの住人まで

クマの格好をしている……とくれば興味を持たずにはいられないのだろう。

クマハウスの周りには遠巻きに見ている人たちがたくさんいる。そのため、わたしは最

近外出をしていない。

建てた初日は食事をするために出かけていったが、今は家で自炊している。

「ユナお姉ちゃん、今日の分の解体終わったよ」

フィナが居間にいるわたしに声をかける。

先日、解体数は一日5体、3日仕事したら一日休むとルールを決めた。

フィナは解体の仕事を頼むと毎日解体しにくるし、解体を始めると黙々と仕事をし続け

てしまうからだ。

「ありがとう、気をつけて帰るんだよ」

「うん、ユナお姉ちゃんは仕事に行かないの?」

「そのうち、行くよ……」

最近、クマハウスが目立っているため、引きこもりぎみになっている。

前の世界だったら、問題はなかったけど。流石にいつまでもこのままじゃまずいよね。

明日は朝一でギルドに行くかな。フィナの解体用の魔物も倒さないといけないし。

翌朝、久しぶりにギルドにやってくる。

「ああ、ユナさん！　やっと来てくれました」

ギルドの扉をくぐるとヘレンさんが叫ぶ。

ギルド迷惑なことを。

「ヘレンさん、おはよう」

挨拶をしてヘレンさんのところに向かう。

「もう、最近はどうしてたんですか？　待っていたんですよ」

「待ってた？」

「はい、ユナさんに指名依頼が入っているんです」

「指名依頼？」

「はい、クリフ・フォシュローゼ様より依頼が来ています」

「……誰？」

そんな名前は知り合いにはいないし、聞いたこともない。

「ご存じないんですか？　伯爵のフォシュローゼ様はこの街の領主様です」

「領主様？」

領主様、伯爵様というと貴族だよね。

そんな人物がわたしに依頼？

貴族といえば、漫画や小説の世界では、王族と並んで面倒ごとや厄介ごとを持ってくる存在だ。

だから、

できるなら関わりたくない。

「パスで」

「えっ」

「お断りで」

「えっ」

「わたし、帰るね」

踵を返し帰ることにする。

珍しく、仕事をしようと思ったら、面倒ごとがやってきた。

「ちょ、ちょっと、待ってください」

受付から乗り出して、ヘレンさんはわたしのクマの服を掴む。

「なに？」

「なに帰ろうとしているんですか」

「帰って寝るからだよ」

「まだ、朝です」

「わたしがいつ寝ようとヘレンさんには関係ないでしょう」

「それじゃ、話を聞いてから寝てください。こちらはユナさんがなかなか来なくてフォ

シュローゼ様の使いの方が何度も来て困っています」

「わたしには関係ないでしょう」

「話だけでも聞いてください」

「ヤダ！」

「お願いしますよ〜」

ヘレンさんはクマの服を掴んで放そうとしない。

「聞いたら断っていい？」

「どうして、そんなに嫌がるんですか？」

「お婆ちゃんの遺言で、貴族と王族には近寄るなって言われたの」

「なんですかそれは」

「だって、貴族とか王族は、自分が気に食わないと、すぐに殺したり、牢屋に入れたり、

いい女を見つけると体を求めたり、断ると脅迫したり、なにも罪がないのに罪人にしたり、

平民からお金を巻き上げたり、金に物を言わせて好きなことをやっている存在でしょう。

さらにその子供たちも横柄で、威張っていて、わがままで、なんでも自分の思い通りにな

ると考えている人種でしょう」

「なんですか、その偏った考えは」

「違うの?」

「確かに、ユナさんがいうような貴族はいます」

いるんだ。

「だけど、フォシュローゼ様は違います。彼は優しい、立派な方ですよ」

「会ったことあるの?」

「見たことはあります。それに悪い噂は聞きませんから大丈夫です」

「裏で、殺しとかしていたら分からないじゃん。死人に口なしっていうし」

「どうして、そんな考えにいくんですか?」

漫画や小説の影響とは言えない。

「おい、こんな朝になにを騒いでいるんだ」

わたしとヘレンさんが言い合っていると奥から筋肉達磨(ギルドマスター)がやってき

た。

「ギルマス!」

「ヘレン、朝は混み合うのは知っているだろう。なにをやっているんだ」

「わたしのせいじゃありませんよ。ユナさんにフォシュローゼ様より指名依頼が入ってい

ることをお伝えしたのですが、貴族に変な偏見を持っていて、仕事内容を聞いてくれない
んです」

偏見じゃないよ。　漫画や小説だと事実だよ。

「偏見？」

「貴族は気に食わないと人を殺すだとか、いい女を見つけると体を要求するとか、その子
供も横柄でわがままとか、そんなこと言うんですよ」

「確かに、そうだな」

ギルドマスターが肯定した。

「ギルマス！」

「ああ、悪い。　確かに、そんな貴族は存在する。　でもクリフは違うから安心していいぞ」

クリフ？　貴族を呼び捨てしていいの？

「絶対？」

「ああ、知り合いだしな」

確かに冒険者ギルドのマスターなら領主と面識があってもおかしくはない。

「お願いしますよ。　断るとギルドの信用問題に関わる」

ヘレンさんが両手でわたしのクマの服を掴む。　了承するまで放そうとしない勢いだ。

「う～ん、分かったよ。　とりあえず、話だけ聞くよ」

「話を聞かないといつまでも放してくれそうもないので聞くことにする。

「ありがとうございます。っていっても話すことはないですけど。ただ、家に来てほしいとだけ言いつかっています」

「なにそれ?」

やっぱり怪しさ100%じゃない。もしや、誰も見ていないところで……。

「心配はいらんぞ。たぶん、噂のクマに会ってみたいだけだろう」

「噂のクマ?」

「ユナさんはこの街でちょっとした有名人になっているんですよ」

まあ、クマの着ぐるみを着て街の中を歩いていれば有名になるよね。

だからといって呼び出すことはないと思うけど。

「まあ、今回は諦めろ。クマの格好をしていて、単独でウルフ、ゴブリンの群れを討伐。さらにゴブリンキングの討伐をしたクマ。そのうえ召喚獣にクマを喚び出して、クマの家まで建ててりゃ、噂にもなるし、それが耳に入れば領主だってクマに会いたくもなるだろう」

「クマの家ってなんですか?」

どうやら、ヘレンさんはクマハウスを知らなかったらしい。

「知らないのか? こいつ、土地を借りて家を建てたんだ。それがクマの外観をしているんだよ。しかも、それが誰一人知らないうちに建てられたっていうんで話題になっているぞ」

「知りませんでした。今度見に行きます」

いや、来なくていいから。

普通に冒険者の依頼をこなして、普通に魔法で家（クマの家）を建てて、乗り物（クマの召喚獣）で討伐先に向かって、普段着（クマの服）で街を歩いているだけなのに。

「それって断れないの？」

断りたい。面倒。会いたくない。もう、帰りたい。

「さあな、普通貴族の依頼を断る冒険者はいないからな。断るなら街から逃げるしかないだろう。そんなことするくらいなら大概は会うほうを選ぶ」

「面倒くさい」

その一言しか出てこない。

「そう言うな、面白がってるだけだろ。会うだけ会ってみたらどうだ」

会うしかないのかな。

「ちなみに会いに行くとして、いつ会いに行けばいいの。領主様だって暇じゃないでしょう」

「はい、何日か予定を伺ってます。明日か3日後の午後ならいつでもいいそうです」

そんなに忙しいなら、無理に会おうとしないでいいのに。

「依頼を受けるって言ってくれるまで、放しませんよ」

ヘレンさんは話している間もわたしのクマの服を摑んでいる。

「分かったよ。会いに行くよ。会いに行けばいいんでしょう」

「本当ですか。ありがとうございます」

やっと、ヘレンさんがクマの服を掴んだ手を放してくれる。

しかたなく、明日の午後に会いに行くことになった。

面倒だ。

# 28　クマさん、領主の館に行く

次の日の午後。領主様に会うためにヘレンさんに聞いたお屋敷に向かう。

お屋敷の前には怖そうな顔の警備兵が立っている。

警備の人にわたしが今日行くことはちゃんと伝わっているよね。

面倒でしかたない。

でも、諦めて門に向けて歩きだす。

警備兵はわたしを視界に捉えると、まっすぐに視線を向けて、決して外そうとはしない。絶対に怪しまれているよね。着ぐるみが存在しないこの世界で、クマの着ぐるみを着た人物が近づいてくる。警備する仕事なら怪しむのはしかたないけど。嫌な視線だね。

「なに用だ」

わたしのことを頭から足の先まで舐めまわすように見る。

「わたしは冒険者のユナ。ここの領主様に呼ばれたんだけど」

「おまえが……、話は聞いている。確認のためにギルドカードを」

ちゃんと警備兵に話が通っているらしい。お約束なら、一悶着があると思ったんだけど。

16

まあ、呼びつけておいて警備兵に伝えておかないバカはいないか。

ギルドカードの確認が終わると、お屋敷の玄関まで案内してくれる。玄関まで来ると、20代前半のメイドさんに代わる。

本物のメイドさん、初めて見た。やっぱりメイドさんはいるんだね。黒と白のメイド服を着ている。メイド萌えの人が見たら歓喜だろう。

メイドさんはララと名乗り、軽く頭を下げると部屋に案内してくれる。

わたしの着ぐるみを見ても反応が鈍い。一瞬、驚いたが、すぐに平常心に戻った。流石メイドさん。

ララさんはお屋敷の中を黙って歩き、あるドアの前で止まるとノックする。

「クリフ様、冒険者のユナ様をお連れしました」

中から「入ってくれ」と返事がある。

「失礼します」

ララさんがドアを開けてわたしに部屋の中に入るように促す。

それに従い中に入ると、ドアは閉められる。

ララさんは入ってこない。

部屋は広く、大きな机、大きなテーブル、ソファーがある。

執務室って感じの部屋になっている。

そして、見たかんじ30歳前後の金髪の男性が部屋の奥にある椅子に座っている。

「そこのソファーに座ってくれ」

男性に言われるままに素直にソファーに座る。

「本当にクマの格好をしているんだな」

男性がこちらにやってきてテーブルを挟んだ対面側のソファーに座る。

そして、わたしを見た男から苦笑がこぼれる。

やっぱり、くそ貴族だったらしい。

「笑い者にするために呼んだんなら帰るけど」

今すぐに帰りたい。

「いや、すまない」

「それでなんの用なんです?」

「噂のクマに会ってみたくてな」

確か、ギルマスも同じようなことを言っていたっけ。

「それに娘も会いたがっていてな」

「娘さん?」

「ああ、なんでも一度、おまえさんのことを街中で見かけたみたいでな。それから、報告に上がってくるおまえさんの評判を娘に話してやると喜んでな」

「ちょっと!　個人情報保護法!

「それじゃ、娘さんのために呼んだってこと?」

「半分はそうだな。残り半分は街で噂のクマを俺が見たかったからだ」

わたしは動物園のクマか。

「クマじゃなくて、名前はユナ」

「そうだったな。俺はクリフだ。知っていると思うが、この街の領主をしている」

お互いに自己紹介をする。

「それで、見たから満足したの?」

「そう怒るな。可愛い顔が台無しだぞ」

可愛いって、面と向かって言われると恥ずかしいんだけど。

わたしは顔が見えないようにクマさんフードを深く被る。

「でも、おまえさんのような女の子がゴブリンキングやタイガーウルフを倒したとは信じられないな」

「嘘かもよ」

「ちゃんと、おまえさんを呼ぶ前に調べさせてもらっている。一応、娘に会わせるからには調べるって。貴族と会うのだからしかたないと思うけど、いい気分はしないね。

コンコンとドアがノックされる。

「ノアールお嬢様をお連れしました」

「入ってくれ」

ドアからフィナぐらいの年齢の女の子が入ってくる。

長い金髪の可愛らしい女の子だ。

「お父様、クマさんが来てるって本当ですか!?」

娘のノアールだ。おまえさんに会いたがっていた」

女の子はわたしを見つけると目を輝かせる。そして、小走りで駆け寄ってくる。

「クマさんですね。わたし、ノアールっていいます。ノアってお呼びください」

「え〜と、わたしはユナ。クマさんじゃなく、名前で呼んでもらえる?」

「はい、分かりました。ユナさんですね」

そう言うとノアはわたしの隣に座る。そして、わたしのことをジッと見てくる。

「あのう、抱きついてもよろしいでしょうか?」

恥ずかしそうに尋ねられる。

「いいけど」

子供でも男の子だったら断ったけど。金髪美少女に頼まれたら断れない。

「ありがとうございます」

ノアは抱きついてくる。

わたしは胸のあたりにくる頭を撫でてあげる。

もしかして、フィナといい、わたしは妹好きの姉属性なのかもしれない。

「柔らかいです。それにいい匂(にお)いがします」

お腹に頭を擦りつけてくる。

「わたし、ユナさんを街で一度お見かけしたことがあるんですよ」

確か、クリフもそんなことを言っていたね。

「遠くからでしたけど。とっても可愛らしい格好でしたから目が引きつけられました。それからお父様から、ユナさんのお話を聞かせてもらって。ずっとお会いしたかったんです」

まあ、こんな着ぐるみを着た人がいたら会ってみたくなるのかな。

ここが日本なら、興味があっても、遠目から見てるだけでわたしは近寄らないけど。

「それで、わたしはどうしたらいいの?」

「特に決めていないが、娘の話し相手になってくれればいい」

「わたし、魔物を倒した話が聞きたいです」

聞きたいと言われても大した話はない。魔法を撃ち込んで倒しただけだ。でも、目を輝かせて聞きたがっている女の子のお願いを断れるわけがない。

一応、隠したいところは隠して、ゴブリンキング、タイガーウルフの討伐の話をしてあげる。

ノアは目を輝かせながら話を聞いている。その前で、クリフも黙って飲み物を飲みながら聞いている。

「凄いです!」

「信じてくれるの? 嘘かもよ」

「信じます。それにお父様からも同じことを聞いてます」

「さっきも言ったが、おまえさんのことは調べさせてもらったからな。討伐が嘘じゃないことぐらい調べはついている」

　まあ、貴族なら、それぐらい調べられるよね。

　分からないことはわたしが本当に1人で倒したかどうかぐらいかな。

　討伐の話も終わり、これでおしまいかなと思ったらノアがわたしを見る。

「最後にユナさんにお願いがあるんですが、いいですか?」

　ノアは言いにくそうにしている。

「お願い?」

「その……、召喚獣のクマさんを見せてもらえないでしょうか?」

「召喚獣?」

「はい。お父様に召喚獣のクマさんの話を聞いたときから、どうしても見たくて」

「俺も見てみたいな」

　クマの召喚獣はある程度知れ渡っているから、見せてもいいんだけど。

「いいの? 危険かもよ」

「危険なのか?」

「召喚獣に攻撃を仕掛けたり、わたしに危害を加えたりしなければ大丈夫だよ」

「そんなことをするつもりはない。そもそも、おまえさんを攻撃するメリットがない。そ

れに、そんなことをすれば娘に嫌われるからな」

領主のクリフの許可も出たので、お屋敷の庭でくまゆるとくまきゅうを召喚することに

なった。

喜ぶノアを先頭にわたし、クリフと続き、最後にメイドのララさんがついてくる。

# 29　クマさん、依頼達成する

全員で裏庭っぽいところに移動する。

「ユナさん、このぐらいの広さで大丈夫ですか」

流石に領主様の庭である。

広々としている。

話によると警備兵が訓練する場所らしい。

今は誰もいないけど。

「それじゃ、召喚するね。いでよ、くまゆる、くまきゅう」

別に掛け声は必要ないけど、それっぽくしてみる。

クマさんパペットから、大きな黒い毛玉と白い毛玉が出てくる。　毛玉が動きだし、くるっ

と反転して、こちらに顔を見せる。

「くまゆる、くまきゅう、おいで」

わたしが呼ぶと嬉しそうにくまゆるとくまきゅうは駆け寄ってくる。

その姿が可愛いね。

でも、後ろでは驚いている者、騒ぐ者がいる。

「クマです。クマさんです。ユナさん、触ってもいいでしょうか?」

ノアが飛び跳ねている。

「ノアールお嬢様、危険です! お下がりください!」

ララさんがノアの腕を摑んで自分の体でノアを守ろうとする。

「ララ、放してください。クマさんが見えません。クマさんに触れません」

一生懸命にララさんを振りほどこうとするが、ララさんはしっかり摑んで放さない。

「クリフ様もなんとかおっしゃってください!」

「まあ、大丈夫だろう」

「クリフ様!?」

主人であるクリフに言われてしかたなく、ララさんは引き止めるのをやめる。

自由になったノアがゆっくりとくまゆるとくまきゅうに近づいていく。

「本当に触ってよろしいでしょうか?」

「いいよ。優しく触ってあげて」

ノアは優しく、くまゆるに触れる。

もう片方の手でくまゆるとくまきゅうを撫でてあげる。

くまゆるとくまきゅうは目を細めて気持ちよさそうにする。

「とても、温かいです。そして、柔らかいです」

ノアはくまきゅうの首を抱きしめる。

「乗ってみる？」

「いいのですか？」

「くまきゅう、いい？」

くまきゅうは返事の代わりに腰を下げて乗りやすいようにしてくれる。ノアは恐る恐る

くまきゅうの背中に乗ろうとする。

「落ちないから大丈夫だよ」

手を貸して乗せてあげる。

くまきゅうはノアが乗ったのを確認するとゆっくりと立ち上がる。

「うわぁ～、高いです」

くまきゅうの上で嬉しそうにしている。

「ユナさん、散歩していいですか？　家を1周するだけでいいので」

「どのくらいの広さがあるか分からないけど、1周ぐらいならいいかな？」

「うん、いいよ。くまきゅう、ノアをよろしくね」

くまきゅうは小さく鳴き、返事をする。そして、ノアを乗せてゆっくりと歩きだす。

「ノ、ノアールお嬢様！」

ララさんが慌てて、ノアを追いかけていく。ノアを見送ると、クリフがわたしのところ

にやってくる。

「すまないが、俺も触っていいか?」

クリフがくまきゅうに乗るノアの後ろ姿を見ながら尋ねてくる。

「いいけど」

断ることではないので許可を出す。クリフはゆっくりとくまきゅうに触れる。

「おお、毛並みがいいな。それに肌触りもいい」

クリフは触りながらくまきゅうの背中を見ている。

「乗りたいの?」

「いいのか?」

「ノアと一緒で1周だけですよ」

「ああ、分かった」

クリフはくまゆるに乗ると、ノアを追いかけるように行ってしまう。

それからしばらくすると、クリフとノアを乗せたくまゆるとくまきゅうが並んで戻って

くる。

「ユナさん、ありがとうございました。楽しかったです」

「ああ、俺も貴重な経験をさせてもらった」

クマたちの後ろから少し遅れてララさんが現れる。ララさんはかなりお疲れの様子だ。

わたしのせいではないので気にしないでおく。

「それじゃ、俺は仕事があるから家の中に戻る。ユナはノアのことを頼む。帰るときは俺

「のところに来てくれ」

クリフは屋敷の中に戻っていく。

ノアはくまきゅうの上が気に入ったのか降りてこない。

「気持ちいいです」

ノアはくまきゅうの上で寝そべっている。

しばらく、寝そべりながらくまきゅうを撫でていたが、その動作もなくなる。静かだなと思って見たら、小さな寝息を立てて眠っていた。くまきゅうにゆっくり歩くように言い、木陰に移動してもらう。流石に日差しの中で寝かせるわけにはいかない。

ララさんは心配そうにノアを見ている。

「心配しなくても大丈夫ですよ。でも、風邪を引いたら困るから、上にかけるものとかないですか?」

わたしに言われたララさんは急いで屋敷の中に戻っていき、毛布らしきものを持ってくる。

「でも、くまきゅうの位置が高いのでかけることができない。

「くまゆる、手伝ってあげて」

くまゆるはララさんを両手で持ち上げる。

ララさんはされるがままに持ち上げられ、ノアに毛布をかけてあげる。

「ありがとうございます。くまゆる様」

どうやら、くまゆるに対して恐怖心はもうないらしい。

わたしとララさんはくまきゅうの上で寝るノアと同様に木陰で座る。

わたしはクマボックスから小さな樽と木のコップを2つ取り出す。

樽の中身はオレンの実の果汁。オレンジジュースみたいな味をしている。

コップに氷を入れてオレンの果汁を注ぎ、ララさんに渡す。

ララさんは受け取り、オレンの果汁を飲む。

「美味しいです」

「よかった」

「ありがとうございます。冷たくて美味しいです」

「お代わりもあるから好きなだけ飲んでね」

「はい。それにしても、おとなしいですね」

ララさんはくまゆるとくまきゅうを見る。

「まあ、召喚獣だからね。野生のクマとは違うよ」

といっても野生のクマなんて見たことはないんだけどね。

「そうですね。ノアールお嬢様も楽しそうでした。ありがとうございました」

「お礼を言われることじゃないよ。一応、仕事だからね」

ララさんはこのお屋敷に勤めて5年になるとのこと。

ノアのことは5歳のときから見ていて、大切な存在らしい。

だから、あまり、心配をさせないでほしいと頼まれた。

でも、ノアを楽しませたことを感謝された。

しばらくララさんと話していると、くまきゅうの上で寝ているノアがもそもそと動きだ

す。

「おはよう。起きた?」

「あれ、ここは……」

ノアは目を擦りながらあたりを見回す。

「くまきゅうの上だよ。ノアは寝ちゃったんだよ」

「そうだ。くまきゅうちゃんが気持ちよくて、眠くなって……」

思い出したみたいだ。

「ノアールお嬢様。風邪を引くといけませんから家の中に入りませんか?」

「まだ、くまきゅうちゃんたちと一緒にいます」

ノアはくまゆるとくまきゅうと離れるのを嫌がる。でも、このままではらちが明かない

ので、くまきゅうに合図を送る。

「くまきゅうも疲れているから休ませてくれないかな」

そうわたしが言うと、ちゃんとわたしの意図がくまきゅうに伝わったようで、「くぅ~ん」

と小さく鳴いて眠そうな仕草をする。

「ノアールお嬢様。くまきゅう様はお嬢様が寝ている間も落ちないようにし

てくれていたのですよ。くまきゅう様を休ませてあげてください」

くまきゅうは首を少し回して背中に乗っているノアを潤む目で見る。ノアもくまきゅう

の目を見返した。

「……うん、分かった」

ノアはくまきゅうから降りる。

「くまきゅうちゃん、くまゆるちゃん、また遊ぼうね」

ノアはくまゆるとくまきゅうを優しく撫でる。

お別れを済ませたのを確認すると、わたしはくまゆるとくまきゅうを送還する。

「それではノアールお嬢様。お部屋に戻りましょう」

「わたしはクリフのところに行くね」

「えっ、ユナさん。もしかして、帰るんですか?」

「もう、わたしの仕事も終わったからね」

依頼料分の仕事はしたはず。

「ユナさん、一緒に夕飯を食べましょうよ」

ノアがクマさんパペットを掴む。

断ろうとするが、そのままクマの手を引っ張られて屋敷の中に連れていかれる。

そこにちょうどクリフが現れ、夕飯の話になる。

結局、クリフからの誘いもあり、夕飯をご馳走（ちそう）になることになった。

夕飯を食べ、帰ろうとすると今度は泊まってほしいと言われるが、それは丁重にお断り

する。

「ユナさん。絶対にまた来てくださいね」

門までノアとララさんが見送ってくれる。

ノアにまた来る約束をして別れた。

# 30　フィナ、仕事をする

数日前、ユナお姉ちゃんとタイガーウルフの討伐に行ってきました。

わたしはユナお姉ちゃんが仕事に行っている間、ユナお姉ちゃんの出したクマさんのお家で解体のお仕事です。

その前にお母さんの薬草を探しに行きましたが、迷子になるところでした。でも、くまきゅうのおかげで戻ってこられました。

今からわたしは解体の仕事をしなければなりません。それがわたしの仕事です。

くまきゅうには外で待ってもらい、わたしは倉庫に向かって、奥にある冷蔵倉庫からウルフを運びます。

ウルフは魔物の中では小さいほうだけどわたしには大きいです。

頑張って1匹を運び、テーブルの上に載せます。

ユナお姉ちゃんが踏み台を用意してくれたので十分にテーブルの上で作業ができます。

今からわたしは解体の仕事をしなければなりません。くまきゅうには外で待ってもらい、剥ぎ取りナイフで毛皮を剥ぎ取ります。肉を部位ごとに分けます。

魔石も取り、別に分けておきます。いらない部分はゴミ箱に捨てます。

なんでも、このゴミ箱は深い穴になっているそうなので落ちないように言われています。

怖いので気をつけることにします。

ウルフ解体の作業を何度か繰り返していると倉庫のドアが開きます。

ユナお姉ちゃんが帰ってきました。

もう、タイガーウルフを倒してきたのでしょうか。

まだ、解体の作業は終わっていません。

お姉ちゃんからタイガーウルフの魔石を取ってほしいと言われました。

もちろん、仕事なので了承します。

出てきたタイガーウルフは大きくて驚きました。

こんな大きな魔物を倒せるユナお姉ちゃんは凄いです。

さっそく、魔石を取り出す作業をします。

タイガーウルフもウルフと同じ系列の魔物なので魔石の位置は同じはずです。

お腹の中心から魔石が出てきました。

魔石はウルフのものとは違い、倍近くの大きさがありました。

水で綺麗に洗うユナお姉ちゃんに渡します。

それから、お昼を食べ、わたしは解体作業の続きをします。

ユナお姉ちゃんは寝るそうです。

タイガーウルフとの戦いで疲れたのでしょう。

わたしも頑張ります。

頑張って解体作業を終わらせます。

ユナお姉ちゃんを起こしに2階に行きます。

どの部屋で寝ているのでしょうか。

とりあえず、手前の部屋から覗いていくことにします。

一番手前の部屋をノックして中に入ります。

いました。

ベッドで気持ちよさそうに寝ています。

ユナお姉ちゃんを揺すって起こします。

「ユナちゃん、ユナお姉ちゃん」

ユナお姉ちゃんが起きます。

ベッドから降りたユナお姉ちゃんは白かったです。

まるでくまきゅうのように白いです。

黒いクマさんの格好も可愛いけど、白いクマさんの格好も可愛いです。

どうやら、服を裏がえしにすると黒クマが白クマに変わるようです。

解体が終わったことを伝えると帰ることになりました。

ユナお姉ちゃんはクマさんの家を消します。

魔法って凄いです。

帰りはくまゆるに乗ります。

なんでも、片方だけに構うともう片方のクマさんの機嫌が悪くなるそうです。

その気持ちは分かるような気がします。

なので、帰りはくまゆるに乗って街に戻ってきました。

門兵の人が驚いています。

このクマさんを見たら誰でも驚くと思います。

でも、クマさんは可愛いです。

翌日も仕事をするためにユナお姉ちゃんのところに行きます。

でも、解体する場所がないそうです。

確かに毎回街の外に行くのは大変です。

だから、解体できる場所を冒険者ギルドで相談するようです。

冒険者ギルドに行くと商業ギルドを紹介され、商業ギルドに向かうことになりました。

なんだか大事（おおごと）になってきました。不安になってきます。

商業ギルドに到着すると、皆さんがユナお姉ちゃんのことを見ます。やっぱり、あのク

マさんの格好は目立ちます。

ユナお姉ちゃんは、受付のお姉さんと話をしたと思ったら、その場で土地を借りてしまいました。

借りる空き地の場所に案内してもらい、そこに一瞬でクマさんのおうちを建てます。

何度見ても、凄いです。

倉庫に入り、タイガーウルフの解体をします。

解体の仕方はウルフと同じだけど、緊張します。

わたしでも知っています。この毛皮が高いことは。綺麗に剥ぎ取らないと価値が下がってしまいます。

でも、頑張ります。

無事に解体が終わり、本日のお仕事が終わります。

それから、数日、毎日のようにユナお姉ちゃんの家に通いました。

解体をしていると、一瞬めまいがしました。

やばいと思ったら倒れてしまいました。

しかも、運が悪いことにユナお姉ちゃんに見られてしまいました。

ユナお姉ちゃんが駆け寄ってきます。

わたしの手を見て驚きます。

手から血が流れています。

倒れたときにナイフで手を少し切ってしまったようです。

少し、痛いです。

ユナお姉ちゃんが血が出ている部分に触れます。

温かくなったと思ったら、痛みが消えて、傷もなくなっていました。

魔法でしょうか。

凄いです。

ユナお姉ちゃんはクマさん手袋を外して、わたしのオデコに手で触れます。

どうやら、熱があるようです。

とりあえず、2階の部屋のベッドで寝るように言われます。

ベッドで寝ていると、もう一度、額に触れられます。

今度はクマさんの手のままです。

柔らかくて気持ちいいです。

だんだんと気持ちよくなって寝てしまいました。

目が覚めると夕方でした。

食事を用意したから、持って帰って家で食べるように言われました。

それから、明日は一日休むように言われました。

倒れた日から2日後、ユナお姉ちゃんの家に行くと。

これからは解体の仕事は3日したら1日休むように言われました。

　もし、休みの時に他の仕事をしたら、もう解体の仕事はさせないとまで言われました。

　これも、ユナお姉ちゃんがわたしの体のことを心配してくれているからなので、素直に従います。

# 31 クマさん、フィナの母親の病気を診に行く

本日は休日。

フィナ同様、わたしも休みを取っている。

この1か月でいろいろなことが判明した。

まず、スキルはレベルが上がると自動的に身につくもの。

今、もっているスキルは7つ。

異世界言語：異世界の言葉が分かる（これがなかったらやばかったね）。

異世界文字：異世界の文字を読み書きができる（これがあるからギルドで仕事ができる。文字が読めなかったら大変だった）。

クマの異次元ボックス：生きているもの以外しまうことができる（試してみたけど、どのくらいの量、大きさが入るか知ることはできなかった）。

クマの観察眼：道具や武器の効果を見ることができる（まあ、普通のゲームなら普通にできることだね）。

クマの探知：クマの野生の力によって魔物や人を探知することができる（魔物の位置が分かるのは便利だね。魔物退治も楽にできる）。

クマの地図：クマの目が見た場所を地図として作ることができる（RPGの基本、自動マッピングシステムだね。これで、迷子にならずにすむ）。

クマの召喚獣：クマの手袋からクマが召喚される（移動に戦闘、護衛と万能なクマだ。難点は街中を連れ歩けないことかな）。

スキルとは別に存在するのが魔法。

魔法はこの世界のルールに則っているらしい。

魔法は自分で努力して覚える。

でも、わたしの場合クマのおかげで簡単に魔法が使える。わたしがクマさんパペットに魔力を流してクマさんパペットが魔法を発動させる。そのため、わたしはクマ装備を着ていないと魔法は使えない。

この世界の魔法はイメージ次第で威力を増すようだ。知識、想像力などが魔法に影響する。

たとえば、火の魔法ではガスバーナーをイメージすると鉄も溶かす炎ができあがる。

たぶん、この魔法を見せてもこの世界の人はガスバーナーを知らないから、同じ魔法は使えないだろう。

氷もそうだ。水の分子の動きを止めるイメージなんてできないだろう。

だから、この世界の魔法は高度になればなるほどイメージするのが難しくなる。

そして、フィナが倒れたときに気づいたけど。

傷を治す魔法。あれも、イメージで効果が変わる。

傷、皮膚を塞ぐイメージをすると傷を治すことができる。深手を負った場合も血管を繋ぐイメージなどで治る可能性が高い。

まだ、確かめていないから確実なことは分からないけれど。

検証はしていないが、イメージをすると傷を治すことができる。

さらに、発熱や病気を治す魔法だ。

これはゲームでいえば、毒や麻痺を治す魔法の分類に当たる。

体の中にある病原菌＝毒を消すと治すことができる。

とは言っても想像なので、どこまで治すことができるか分からない。こればかりはやってみないと分からない。

この世界でのスキルや魔法などについて考えていると、玄関で音がした。

このクマハウスには結界が張られている。クマハウスを作ったときに自動的に発動した。

わたしが認めた人物しか入れないようになっている。認めていない者は絶対に家の中に入ることはできない。現在、入れるのはフィナだけだ。

一階に下りようと廊下に出た瞬間、フィナが飛び込んできた。

「ユナお姉ちゃん!」

フィナの様子がおかしい。

抱きついているフィナの体が震えている。

「どうしたの?」

フィナを放して顔を見下ろす。

目を真っ赤にして泣いている。

「ユ、ユナ、お姉ちゃん、お、お母さんが……」

「落ち着いて」

「お母さんが苦しんで……、薬を飲ませても……、ダメで……、ゲンツおじさんのところにも行ったけど……、薬を探してくるって言って戻ってこなくて……、わ、わたし、どうしたらいいか」

お母さんの状態が危ないらしい。

「うん、分かったから、フィナの家に案内してくれるかな」

もしかすると、毒や麻痺などを治す魔法で治療ができるかもしれない。

フィナと一緒にフィナの家に向かう。

小さな家、ここでフィナは母と妹と3人で暮らしているのか。

家の中に入ると、フィナのお母さんが寝ている部屋に向かう。

ベッドには苦しんでいる女性が寝ている。

そのベッドのそばでは小さな女の子が泣いており、その隣にはゲンツさんが立っている。

「フィナ、それにクマの嬢ちゃんも」

「ゲンツおじさん!?」

「遅くなってすまない」

「お母さんの薬は?」

「すまない」

ゲンツさんは一言だけ言って頭を下げる。

フィナのお母さんが苦しみながら手を一生懸命にのばし、娘の頭を力ない手で撫でる。

「ゲンツ、もし、わたしに、なにか、あったら、娘たちのこと、お願い」

「な、なにを言っている。もしってなんだ!」

ゲンツさんはフィナのお母さんの言葉に叫ぶ。

「ゲンツ、あなたには、いろいろ、迷惑を、かけたわね。薬のことも、フィナのこともあ

りがとうね」

話すたびにフィナの母親は額に汗を浮かべて苦しそうにする。

「大丈夫だ。寝ていれば、よくなる。もう、しゃべるな。それまでは2人のことは俺が面

倒をみる。だから、おまえは病気を治せ」

「シュリ……、フィナ……、顔を見せて」

「お母さん！」

2人は母親のベッドに駆け寄る。

「なにもしてあげられなくてゴメンね。それと、ありがとうね、フィナ、シュリ」

2人に笑顔を一生懸命に向けるが、その笑顔には苦しみが混じっている。

もう、限界なのか、目を瞑って苦しみを耐えている。

3人が母親の周りに集まって、泣いたり、名を叫んだりする。

ポフポフ。

手を叩いて皆を落ち着かせようとしたが、クマの手ではパンパンとは音が出なかった。

でも、みんなわたしに気づいてくれる。

「とりあえず、3人とも落ち着いて」

「ユナお姉ちゃん？」

「できるか、分からないけど、診るからどいて」

フィナは妹の手を引いてベッドから離れる。

妹は泣いて、フィナに抱きついている。

わたしはベッドの横に立ち、フィナの母親を見る。

まだ30歳前後の女性だ。

でも、体は痩せ細っている。あまり、物を食べていないのだろう。

「少し我慢してくださいね」

苦しんでいる母親の体の上に両手を乗せる。

魔力を両手のクマさんパペットに込める。

体全体から病の因（もと）がなくなるようにイメージをする。

「キュア」

呪文は必要ないが、このほうがイメージがしやすい。

魔法が発動されると母親の体が光に包まれる。

徐々に苦しみから解放されて、顔が穏やかに、呼吸も落ち着いていく。

成功かな。

でも、体力がかなり減って衰弱している。

「ヒール」

別の魔法を唱える。

体力を回復させる。

母親の目がゆっくりと開く。

そして、何事もなかったかのようにベッドから起き上がった。

「……苦しくない」

「お母さん！」

娘2人が駆け寄る。

「どうやら、成功したみたいね」

「嬢ちゃん、なにをしたんだ。まるで、高位の神官様のようだった。いや、今はそれはい
い。嬢ちゃん、ありがとな」

ゲンツさんは目にうっすらと涙を浮かべてわたしのクマさんパペットを強く握り締め、
感謝の言葉をくれた。

「ユナお姉ちゃん、ありがとう」

フィナも目に涙を溜めながらお礼を言う。

「その、ありがとうございます。あなたがわたしを治してくれたんですか」

「フィナが泣くからね。でも、しばらくは安静にしてくださいね。まだ、完治したか分か
らないし、ずっと寝ていたから体力もないと思うし」

あくまで、魔法で体力を回復させただけだ。栄養などは補給していない。痩せ細った体
も回復するわけではない。あくまで、一時的なものだ。悪化する可能性もある。

「その、お礼はどのぐらい支払えばよろしいのでしょうか。見ての通り、今わたしには支
払えるものはありません」

「待ってくれ、俺が支払う。嬢ちゃん、すぐには無理だが、きっと払う。だから、この親
子にはなにも要求しないでくれ」

なんか、わたしが悪役になっている感じがする。払えないなら、娘を貰っていくぞ！

病気を治したのだから、金を払え！

……って娘をさらっていく感じの。

これがロリコン悪役なら、

『へっへっへ、支払いなら可愛い娘さんが2人もいるだろう』

とか言うのかな。だから、誤解を解かないといけない。

「別にお金はいらないよ。わたしはフィナの笑顔を守りたかっただけよ」

そう言ってフィナの頭を撫でる。

わたし、今いいことを言った。

フィナはわたしの言葉に感激して抱きついてくる。

なんか、罪悪感が……。

「でも、それじゃ」

「そうだ、俺にできることがあればなんでも言ってくれ」

「わたしも元気になったら、なんでもします」

なんでも！

言ったね。なんでもって。

「それじゃ、2人にしかできないことを、してもらおうかな」

「…………」

「…………」

嫌な空気が流れる。

フィナと妹を見る。

「フィナ、妹さんと一緒に美味しいものを買ってきて。お母さんに栄養がつくものを食べさせてあげて」

クマボックスからお金を出して、フィナに渡す。

「でも……」

「いいから。お母さんは大丈夫だから、行ってきて」

「うん、分かった。シュリ行こう」

手を取り合って家を出ていく2人を見送って、改めてゲンツさんと母親を見る。

「俺たちになにをさせるつもりだ」

「フィナたちのために、2人は一緒に暮らしてあげて」

「……はあ」

「……えっ」

2人の口が開いたまま塞がらない。

「ゲンツさんが、フィナのお母さんのことを好きなのは知っています」

フィナに聞いたからね。

「お、おまえ」

「ダメですよ。フィナも知っていることだよ。それにフィナのお母さんも子供たちをゲンツさんに預けられるほど信用しているし、嫌いではないのでしょう」

「……それは」

うっすらと頬を染める。

「それに、あの子たちに苦労をかけるわけにはいかないでしょう。ゲンツさんはギルドの職員をしているから収入も安定しているだろうし。女3人ではなにかと心配があるし、いつまでも安心できないし」

「だが……」

「ゲンツさんはフィナのお母さんのことが好きなんでしょう?」

「それは……」

ゲンツさんは唾を飲み込む。

そして、フィナのお母さんのほうを見ると、何かを決心した表情になる。

「ティルミナ、お、俺と結婚してくれ、昔から、好きだった。ロイには悪いけど、おまえのことが好きだ!」

「ゲンツ……ありがとう」

わたしはそっと部屋を出ようとする。

2人っきりにさせてあげよう。

「どこに行くんだ」

「でも、そんなわたしの気持ちを裏切ってくれるおっさん。

「帰るよ。あとは家族の問題だからね」

「そうか、その、ありがとな」

照れくさそうに礼を言う。

「しっかり、フィナたちの面倒を見てね」

「ああ、任せろ」。

「もし、お母さんの容態が悪くなったら呼んでね」

わたしはフィナの家を後にしてクマハウスに戻った。

# 32 フィナ、クマさんにお願いをする

朝起きたら、お母さんが苦しんでいました。

いつもと苦しみ方が違います。

意識がありません。

いくら呼んでも返事がありません。

薬を飲ませようとしても飲めません。

それでも、頑張って飲ませました。

でも、よくなりません。

お母さんの額からすごく汗が流れています。

妹のシュリは心配そうにベッドの近くで、お母さん、お母さんと呼んでいます。

このままではダメです。

何もできません。

「シュリ、お母さんのことをお願い」

「お姉ちゃん?」

妹が心配そうにわたしを見ます。

「ゲンツおじさんのところに行ってくるから。大丈夫だよ。ゲンツおじさんならなんとかしてくれるから」

わたしは妹の頭を優しく撫でて、ゲンツおじさんの家に向かいます。

この時間なら、まだ仕事に行っていないはず。

わたしは走りました。

まだ、人通りが少ないから走りやすい。

ゲンツおじさんの家に来ると、わたしはドアを思いっきり強く叩きます。

「ゲンツおじさん！　ゲンツおじさん！」

ドアを叩くとゲンツおじさんが出てきました。

「どうしたんだ。こんな朝早く」

「お母さんが」

「ティルミナがどうした！」

「苦しんでいるの。いつもと違うの」

もう、涙が止まりません。

「薬を飲んでも治らないの」

「すぐ行く」

ゲンツおじさんは走りだします。

わたしも一生懸命に走ります。

家に着く前に先を走っていたゲンツおじさんの姿を見失いました。

家に入ると、ゲンツおじさんがお母さんに声をかけています。

でも、お母さんの反応がありません。

「くっそ!」

ゲンツおじさんがわたしとシュリを見ます。

「薬を探してくる。おまえたちはお母さんを見てろ」

ゲンツおじさんは家を飛び出していきます。

わたしはお母さんの手を握ります。

すると、シュリも一緒にお母さんの手を握ってきます。

お願いします。どうか、お母さんを救ってください。

わたしができることとならなんでもしますから。

どうかわたしたちから、お母さんを奪わないでください。

お願いします……。

「お母さん……」

「フィナ、シュリ……」

「お母さん!」

お母さんが意識を取り戻しました。

願いが通じました。

「フィナ、シュリ、ごめんなさい」

どうして、謝るのでしょうか。

お母さんはなにも悪くありません。

お母さんの目に涙が浮かんでいます。

「お母さん」

「フィナ。お母さんが死んだら、ゲンツを、頼りなさい。あの人なら、きっと助けてくれるから」

「お母さん」

お母さんが苦しそうに話します。

お母さんが死ぬ？

考えたくありません。

「ごめんね、2人とも。こんなお母さんで」

弱々しい手でわたしたちの手を握り返してきます。

ゲンツおじさんが出ていってから、どのくらい時間がたったのでしょうか。

戻ってきません。

数分ぐらいかもしれませんが、もう、何時間もたっている感じがします。

早く、帰ってきて。

「ううっ」

お母さんがまた苦しみ始めました。

誰か、助けて。

シュリの小さな手がわたしの手を強く握ります。

わたしが諦めたらダメです。

「シュリ」

シュリの目を見ます。

不安そうにしています。

「お母さん、ユナお姉ちゃんの手を握っていて」

わたしの手を握っていた手でお母さんの手を握らせます。

「お姉ちゃん？」

「もしかしたら、ユナお姉ちゃんなら」

お母さんのことはシュリに任せてわたしはユナお姉ちゃんの家に向かって走ります。

疲れたなんて言っていられません。

ユナお姉ちゃんの家。クマさんの家が見えてきました。

わたしはノックもせずにドアを開けます。

「ユナお姉ちゃん！」

家の中に入るとユナお姉ちゃんがいます。

「どうしたの？」

「ユ、ユナ、お姉ちゃん、お、お母さんが……」

ダメです。声が上手く出ません。

「落ち着いて」

「お母さんが苦しんで……、薬を飲ませても……、ダメで……、ゲンツおじさんのところ
にも行ったけど……、薬を探してくるって言って戻ってこなくて……、わ、わたし、どう
したらいいか」

ユナお姉ちゃんの顔を見たら涙が止まりません。

ここに来たけどユナお姉ちゃんはお医者様でも、薬師様でもありません。

でも、ユナお姉ちゃんならなんとかしてくれるかもと思ってしまいました。

ユナお姉ちゃんは優しく、わたしの頭に手を置きます。

「うん、分かったから、フィナの家に案内してくれるかな」

ユナお姉ちゃんが優しい笑顔で言います。

わたしはユナお姉ちゃんを家に案内します。

家に着き、中に入るとゲンツおじさんがいます。

もしかして、薬が手に入ったのでしょうか。

「フィナ、それにクマの嬢ちゃんも」

「ゲンツおじさん!?」

「遅くなってすまない」

「お母さんの薬は？」

「すまない」

ゲンツおじさんは頭を下げます。

そんなに簡単に薬が手に入るようだったら、これまでにゲンツおじさんが手に入れてい

るはずです。

だから、ゲンツおじさんを怒ることはできません。

わたしはお母さんに近づきます。

見ていられないほどに苦しんでいます。

「ゲンツ、もし、わたしに、なにか、あったら、娘たちのこと、お願い」

「な、なにを言っている。もしってなんだ！」

「ゲンツ、あなたには、いろいろ、迷惑を、かけたわね。薬のことも、フィナのこともあ

りがとうね」

「大丈夫だ。寝ていれば、よくなる。もう、しゃべるな。それまでは2人のことは俺が面

倒をみる。だから、おまえは病気を治せ」

「シュリ……、フィナ……、顔を見せて」

「お母さん！」

涙でお母さんの顔が見えません。

お母さんは力ない手でわたしたちを抱き寄せます。

「なにもしてあげられなくてゴメンね。それと、ありがとうね、フィナ、シュリ」

お母さんが目を閉じました。

もう、目を開けることもできないみたいです。

お母さんの手を握り締めます。

お母さんは握り返してくれません。

二度と名前を呼んでもらえないのでしょうか。

もう、このまま目を開けてくれないかもしれません。

お母さん、お母さん。

涙が止まりません。

ポフポフ。

後ろで変な音が聞こえました。

振り向くとユナお姉ちゃんが手を叩いていました。

「とりあえず、3人とも落ち着いて」

「ユナお姉ちゃん?」

「できるか、分からないけど、診るからどいて」

ユナお姉ちゃんはベッドから離れるように言います。

「少し我慢してくださいね」

ユナお姉ちゃんはお母さんの体の上にクマさんの手を乗せます。

「キュア」

お母さんの体が光ります。

その輝きは綺麗で、神様がいるような温かさを感じます。

お母さんの呼吸が落ち着いてきます。

信じられません。

さっきまで、息苦しそうにしていたお母さんの呼吸が落ち着きました。

「ヒール」

次に違う魔法を唱えました。

お母さんの目がゆっくりと開きました。

そして、何事もなかったかのようにベッドから起き上がりました。

「……苦しくない」

「お母さん!」

わたしは駆け寄ります。

「どうやら、成功したみたいね」

「嬢ちゃん、なにをしたんだ。まるで、高位の神官様のようだった。いや、今はそれはい
い。嬢ちゃん、ありがとな」

ゲンツおじさんがお礼を言います。

そうです。わたしはお礼を言っていません。

「ユナお姉ちゃん、ありがとう」

それから、ゲンツおじさんとお母さんとでお礼の話になりました。

そうです。前にゲンツおじさんに聞きました。

お母さんの病気を治すには高いお金を払って神官様に頼むしかないと言ってました。

その金額は凄く高かったのを覚えています。

わたしの家にはそんなにお金はありません。

でも、お母さんの命の恩人です。

わたしができることがあれば一生かかってでも払います。

でも、ユナお姉ちゃんから出てきた言葉は違いました。

「別にお金はいらないよ。わたしはフィナの笑顔を守りたかっただけよ」

わたしは生きている間にユナお姉ちゃんに恩を返せるのでしょうか。

また、泣きそうです。

「でも、それじゃ」

「そうだ、俺にできることがあればなんでも言ってくれ」

「わたしも元気になったら、なんでもします」

そうです。ユナお姉ちゃんがお礼はいらないと言ってもそれではだめです。

わたしもできることがあればなんでもします。

でも、ゲンツおじさんとお母さんが「なんでも」と言った瞬間、ユナお姉ちゃんの口の端が吊り上がったように見えました。

「それじゃ、2人にしかできないことを、してもらおうかな」

ユナお姉ちゃんがそんなことを言いだしました。

部屋の空気が重くなります。

なにを言われるのでしょうか。

ユナお姉ちゃんは部屋を見回し、最後にわたしとシュリを見ます。

「フィナ、妹さんと一緒に美味しいものを買ってきて。お母さんに栄養がつくものを食べさせてあげて」

そう言ってお金を渡してくれます。

わたしたちには聞かせたくない話なのでしょうか。

ユナお姉ちゃんは、お母さんたちになにを言うつもりなんでしょうか。

でも、ユナお姉ちゃんの言うとおり、元気になったお母さんに栄養があるものを食べさせたい気持ちもあります。

少し気になりますが、わたしはお母さんに栄養があるものを食べさせるために妹のシュリを連れて買い物に行くことにしました。

# 33　クマさん、買い食いをする

フィナの母親の名前はティルミナさん。

ティルミナさんの健康状態は良好だ。完全に治ったとみて間違いないだろう。

さらにティルミナさんとゲンツさんは結婚することになった。

今は4人で住む家を探している。

これまでのフィナの家では4人で暮らすには狭すぎるし、ゲンツさんに至っては狭い家に1人で住んでいるらしい。

でも、なぜか、フィナと妹のシュリがクマハウスにいる。

「え〜となんで、2人がここにいるのかな?」

「ゲンツおじさん、じゃなくて、お父さんとお母さんを2人っきりにさせてあげようと思って」

「それって10歳の娘が考えること?」

「迷惑でしたか?」

「別にいいけど、4人でいることも大事だよ」

「家が見つかったら4人で暮らしますから大丈夫です」

「でも、なんで勉強しているの」

そう、クマハウスでフィナがシュリに文字を教えている。

「わたしは文字は、お母さんから教えてもらいました。でも、病気になってから教えてもらうことができなくて。わたしも、家の仕事やお金を稼がなくちゃいけなかったから、この子に教えてあげられなくて」

でも、勉強していっても汚い紙に文字が書いてあるだけのものだ。

書くものもなければ、練習する紙もない。

見て文字を覚えるだけだ。

これで覚えられるのだろうか。

「なら2人とも、勉強道具を買いに行こう」

「えっ」

「そんな勉強法じゃ、覚えるのに時間がかかるよ」

「でも……」

フィナが何を考えているか手に取るように分かる。

「お金の心配なら大丈夫だよ。結婚祝いでプレゼントするよ」

「結婚するのはお母さんです」

「細かいことは気にしないの」

2人を連れてクマハウスを出る。
2人は仲良く手を繋いでいる。いい姉妹だ。
まずは本屋に向かう。

「すみません!」
本屋のお婆ちゃんに声をかける。
「なんじゃい。そんなに大きな声を出さなくても聞こえておるよ」
「すみません、子供用の絵本ありますか?」
「絵本、文字の勉強かい。それなら、これと、これと、文字の勉強をしたいんですけど」
お婆ちゃんが3冊の絵本と文字表らしきものを持ってきてくれる。
とりあえず、全部買うことにする。

「毎度」
商品を受け取って店を出る。
次に雑貨屋で紙と書くための道具を買う。
一通り勉強道具は揃い、小腹が空いたので広場の屋台で買い食いをすることにする。
広場に来るといろいろな屋台が並んでいる。
美味しそうな匂いがあっちこっちから漂ってくる。
広場に入って一番近い屋台に向かう。いい匂いがする。
串焼きを売っている。いい匂いがする。

「おじさん3本ちょうだい」

「おお、クマの嬢ちゃんか。3本な。はいよ! いつもありがとな」

おじさんが串焼きを3本渡してくれる。

わたしはそれを1本自分の口に咥え、残りをフィナとシュリに渡す。

「ありがとうございます」

「ありがとう」

「次はあっちに行こう」

屋台が並んでいる広場を見て、次の獲物(食べ物)を探す。

「クマの嬢ちゃん! 野菜のスープはどうだい」

近くの屋台から声がかかる。

大きな鍋から湯気が上がり、とっても美味しそうだ。

「うん。3つ貰おうかな」

「まいどー」

木の器に、温かい野菜のスープをよそってくれる。

食べ終わったら器は返すシステムになっている。

スープを受け取り、2人に渡す。

「クマの嬢ちゃん。なら、スープにパンはどうだい?」

「ずるいね。クマのお嬢ちゃん、こっちの焼き肉はどうだい」

今度は周りの屋台から声がかかる。

「それじゃ、こっちの搾りたての果汁はどう?」

いろいろな果物の果汁を売っているお姉さんも参戦してくる。

「う～ん。今日はパンって気分だから、小さいパンを3つちょうだい」

「おお、ありがとよ」

パンを販売しているおじさんが礼を言ってパンを渡してくれる。

買わなかった店には謝罪をしておく。

「今度買いに来るから」

「いいってことよ」

「今度は食べに来ておくれよ」

パンを受け取り、周りの屋台の人に挨拶をして、近くの空いているベンチに座る。

最近、広場での買い食いが増えたせいか、屋台の人たちと顔見知りになってしまった。

このクマの格好のせいかもしれないけど、広場を歩くと声をかけられることが日毎に増えている。

それで、よく買い食いをしてしまう。

太ってないといいけど。

クマの服の上からお腹の肉を摘んでみる。

大丈夫だと信じたい。

太らないスキルでもあればいいんだけど。

「それじゃ、食べようか」

「ありがとう。ユナお姉ちゃん」

「ありがとう」

シュリが姉の真似をしてお礼を言う。

2人揃って可愛いな。

3人で、ゆっくりとスープとパンを食べる。

スープにはいろいろな野菜が入っている。この世界の食材は日本にあった食材と酷似している。ニンジン、大根、キャベツ、キュウリなどの野菜は見かける。

でも、日本人として大事な、米と醤油、味噌が見つからない。

ラーメンとか麺類も恋しい。

小麦粉はあるみたいだし、うどんぐらいならどっかにあるかな?

でも、このスープもパンも十分に美味しい。

食べ終わると、勉強するためにクマハウスに戻ることにした。

後日、買い食いをしたことがティルミナさんとゲンツさんにばれて、わたしが怒られることになった。

2人がせっかく用意した夕飯を食べなかったそうだ。

買い食いは食べ過ぎに注意しよう。

でも、勉強道具は感謝された。

# 34 クマさん、引っ越しの手伝いをする

フィナたち家族が住む新居が決まった。

場所はゲンツさんの要望の冒険者ギルドの近くで、独り身で寂しく貯めたお金で家の購入を決めたらしい。

今日は引っ越しの手伝いをするためにフィナの家に来ている。

「持っていくものはこっちに持ってきて。細かいものはまとめて箱に入れてね」

箱に入れられた荷物をクマボックスにしまっていく。

「このテーブルも持っていくの?」

「新しいの買うお金がないからお願い」

「それじゃ、この椅子も持っていくよね」

「ええ、お願い」

ティルミナさんの指示に従って荷物をクマボックスにしまう。

その間にも荷物が運ばれてくるので、どんどん、しまっていく。

フィナもシュリも自分たちの少ない荷物を一生懸命に箱に入れている。

「ユナお姉ちゃん。ベッドお願いしてもいい?」

「いいよ」

フィナの部屋にやってくる。部屋に残っている荷物は隅に箱がいくつかあり、あとは

ベッドが一つあるだけだ。

「一つ?」

「はい、わたしとシュリは一緒に寝ていますので」

「なら、今度は新しいお父さんに買ってもらわないといけないね」

フィナのベッドをクマボックスにしまう。

ついでにティルミナさんの部屋に行って同じくベッドをしまう。

「それにしてもクマの嬢ちゃんのアイテム袋は凄いな。普通は大きいものはリヤカーで運

ぶんだがな」

引っ越しの手伝いに来ていたゲンツさんが白いクマさんパペットを見ながら言う。

まあ、神様から貰ったアイテムですからね。

それから各部屋に向かい大きな家具をしまっていく。

「運ぶ荷物はこれで終わり?」

部屋の中は見事に何もない。

他の部屋も同様だ。

「うん、ありがとうね。ユナちゃん」

ティルミナさんから、感謝の言葉をもらう。

フィナの家の荷物は終了したので次はゲンツさんの家に向かうことになる。

なんだろう。

男のひとり暮らしは汚いとはよく言ったものだ。

ゲンツさんもその例にもれないらしい。

それ以前に数日前から引っ越すと分かっていて、どうして片付けていないのかが疑問だ。

「酷いわね」

ティルミナさんが家の中を見て小さく呟く。

「すまない」

頭を下げるゲンツさん。

「ユナちゃん、悪いけど娘2人を連れて新しい家に行っていてもらえる?」

「いいけど」

「フィナ、先に自分たちの部屋の荷物を並べておきなさい。部屋割りは昨日説明したから分かるでしょう。あと、部屋はある程度は掃除してあるけど、細かい部分はしてないから、それもお願い。片付けは寝る場所を優先してね。それが終わったら、荷物の配置はあなたに任せるから、他の部屋の片付けもお願い。わたしもこの家の片付けが終わったら行くから」

フィナに家の鍵を渡す。

次にわたしのほうを見る。

「ユナちゃん、悪いけど、荷物を置いたら、もう一度ここに来てもらえるかしら」

「了解」

「じゃ、3人ともお願いね」

流石、大人の女性、2人の子供を持つ主婦。指示がてきぱきとしている。

わたしたちはフィナたちの新しく住む家に向かう。

位置的にギルドと前にわたしが泊まっていた宿の中間地点にある。

「ここです」

前の家より、一回り大きな家。

ティルミナさんから預かった鍵でドアを開ける。

前もって掃除をしていたのか、埃っぽくない。

「ユナお姉ちゃん。掃除道具を出してもらっていいですか」

わたしは掃除道具を出す。

フィナはバケツを持って台所に向かい、水の魔石から水を汲む。

「ユナお姉ちゃん、2階にいいですか」

3人で2階に上がる。2階には2部屋ある。フィナは2階の右の部屋に入る。部屋の大

きさは6畳以上はある。日本人感覚でいえば少し広めの部屋だ。

フィナは窓を開けて空気を入れ替える。

「シュリ、他の部屋も窓開けておいて。それが終わったら、掃除をお願い」

シュリは頷くと部屋から出ていく。

「ユナお姉ちゃん、荷物をお願いできますか」

わたしはフィナの指示通りに家具、ベッドを置いていく。

多少ずれてもクマの力を使えば移動は簡単にできる。

最後にフィナ、シュリの荷物が入った箱を床に置く。

次にティルミナさんが使う部屋に行き、ベッド、家具、荷物を床に置く。

細かい荷物は後回しにして1階に戻る。

そこではシュリが小さい体で一生懸命に掃除をしている。

台所にテーブル、椅子、食器などを出していく。

分からないものは1階の使っていない部屋に置いておく。

「フィナ、荷物はこれで全部だから。わたし、ゲンツさんの家に行くね」

「ありがとうございました」

「ありがとう」

フィナ、シュリがそれぞれ礼を言う。

「2人とも頑張ってね」

ゲンツさんの家に着くと、箱が山積みになっている。

とりあえず、荷物を箱に詰め込んでできる感じだ。

「ユナちゃん、そこにある荷物お願いできる?」

ティルミナさんの指示に従い、荷物をクマボックスにしまっていく。

部屋にいるゲンツさんを見ると疲れきった顔をしている。

それでも、ティルミナさんの指示に素直に従って片付けをしている。

もう尻に敷かれているらしい。

荷物を次から次へとしまっていくと終わりが見えてくる。

最後の荷物をクマボックスに入れて終了となる。これでゲンツさんの家も空になり、新居に向かう。

家の中に入ると荷物の山が半分以上片付いている。

わたしたちが家に入ってきたことに気づいたフィナとシュリがやってくる。

「フィナ、シュリ、ご苦労様。結構、片付いたわね」

「でも、まだ終わっていません」

「1日で終わるわけないわ。とりあえず、今日は寝る場所だけ確保しましょう。ユナちゃん、家具以外の手で運べるものは1階の奥の部屋にお願い。それ以外は指定の場所にお願い」

とりあえず、ゲンツさんの家から持ってきた大きな荷物をそれぞれの部屋に配置してい
く。

決まった部屋に置く荷物は隅に置き、後日片付けることにするらしい。

どこに置くか決まっていないものは先ほどの1階の部屋に置いておく。

「とりあえず、寝る場所は確保したから、今日はここまでね」

2階から一階にティルミナさんが下りてくる。

「フィナ、台所と食材の準備はできてる?」

「ごめんなさい。まだ、片付いてないです」

「ううん、フィナとシュリは頑張ったわ。どこかのバカが前もって片付けをしていなかっ
たせいだから気にしないでいいわよ」

「すまない」

うな垂れるゲンツさん。

「でも、今から食事の準備をしたら、　時間がかかっちゃうわね」

「なら、どこかに食いに行くか」

ゲンツさんが名誉を挽回するためにアイディアを出す。

「ダメよ。4人で暮らすとこれから必要なものも出てくるわ。わたしにはお金の蓄えもな
いし、あなたが貯めたお金をこんなことで使うことはできないわ」

「だが、今から食事も作れないだろう。どうするつもりだ?」

2人が睨み合う。

「ああ、分かった。新居に引っ越しをした1日目で離婚はやめてよ。」

「これ以上、ユナちゃんに迷惑をかけることはできないわ。わたしが払うから、どこかに食べに行こう。それならいいでしょう」

「も感謝しているんだから。もし、これで人を雇ったらお金もかかるし、わたしたちだけで、荷物を運んでもらっただけで

やったら、ベッドとか大きいものを運ぶだけで数日かかるわ。それをやってもらっただけで

でも感謝しているのよ。その手伝ってもらったあなたのお金で食べに行くなんて、そんな

恥知らずなことはできないわ」

わたしは気にしないけど。

確かに常識を持っている人ならそう考えるかもしれない。

病気も無償で治してもらい、引っ越しの手伝いも無償で頼む。さらに食事まで奢っても

らう。

わたしでも断るかも。

「なら、わたしの家でティルミナさんが料理を作るのはどうですか?」

「ユナちゃんの家?」

「食材も自由に使っていいから、美味しいものを作ってください」

「う〜ん。それなら、いいかな。分かったわ。美味しいものを作ってあげる」

やっと妥協案が見つかり、5人でクマハウスに向かうことになった。

# 35 クマさん、クマ風呂に入る

引っ越しを終えて、クマハウスに到着する。

「何度見ても、この家凄いわね」

ティルミナさんとゲンツさんの2人は何度かクマハウスに来たことはある。

命が助かったあとあらためて家まで来てお礼を言われ、フィナの解体の仕事が見たいとかでクマハウスを案内している。

「それじゃ、台所を借りるわね。フィナ、お手伝いをお願い」

「わたしもする」

シュリも料理のお手伝いに参加を表明する。

「食材は好きに使ってくれていいから」

「うん、ありがとうね。ほんとうなら、食材もわたしたちが用意しないといけないのに」

「食べきれないほどあるから、気にしないでいいよ」

「いつも、ウルフの肉も貰っているのに、返せていない恩がどんどん増えていくわね」

ティルミナさんは娘を2人連れて台所に向かう。

残ったゲンツさんとわたしは椅子に座って待つことにする。

「凄い家だな」

周りを見回して小さく呟く。

「あれはタイガーウルフの毛皮か」

壁にフィナと初めて討伐に行ったときのタイガーウルフの毛皮が飾ってある。

もう1枚は自分の部屋の毛布代わりに使っている。

「初めてクマの嬢ちゃんを見たときは、こんな凄い嬢ちゃんだとは思わなかったけどな」

懐かしそうに言う。

確かに異世界に来て1か月以上の時間が過ぎた。

街でもクマの格好は有名になりつつある。

慣れとは怖いものだ。

クマの格好をしていても恥ずかしい気持ちがなくなっている。

『クマの嬢ちゃん』

『クマさん』

『クマっ娘』

『ブラッディベアー』

いろいろな呼び方があるが全てわたしの呼び名だ。

解体はいまだにできないが、魔物を倒すことには慣れた。

日本でゲームをしていたおかげだろう。

フィナにも出会えたし、この世界も面白いことが多い。

あれから、神様から手紙もメールもきていないが、この世界に連れてきてくれて感謝だ。

「でも、嬢ちゃん。本当にいいのか?」

「うん?」

「家のことだよ」

「ああ、そのことね」

ゲンツさんが住む新居の土地をわたしが結婚祝いとして買ってあげたのだ。

建物はゲンツさんが、独り身の寂しいときに貯めたお金で購入することになった。

「別にいいよ。ただね。わたしがいなくなったあとにゲンツさんが死んで、3人が路頭に迷う姿は見たくないだけ。家があれば住む場所だけは困らないでしょう」

「おいおい、勝手に俺を殺すなよ。これから俺の輝かしい未来が待っているのに。そんな不幸な未来は待っていないぞ」

「それなら、それでいいよ。しっかり、3人を守ってね。もし、守れなかったら、どうなるか分かっているよね」

「もちろんだ、死んだロイに誓って3人は守るさ」

ロイさんとはティルミナさんの亡くなった夫。つまりフィナ、シュリのお父さんだ。

若いときの3人は同じパーティーのメンバーだった。2人の結婚と同時に解散し、ゲン

ツさんはギルドで働くようになったそうだ。

でも数年後、シュリがお腹にいるとき、ロイさんひとりで依頼を受け、亡くなってしまった。

それ以来、ゲンツさんはティルミナさんの家族を陰ながら守っている。

その頃にティルミナさんのことを好きになったらしい。

ゲンツさんから昔の話を聞いていると、フィナとシュリが料理を運んでくる。

それぞれの料理から湯気が上がり美味しそうだ。

最後に大きな皿に載せられた料理をティルミナさんが運んでくる。

「おまたせ、たくさんあるから食べてね」

戻ってきた3人はそれぞれの椅子に座る。

「ユナちゃん、結構、材料使っちゃったわ。ごめんなさいね」

「別にいいよ。材料だけはたくさんあるから」

「あと、あのクマの冷蔵庫はいいわね。野菜とか肉とか傷まないから」

クマの冷蔵庫、わたしが作ったクマの形をした冷蔵庫。

氷の魔石を買ってきて自分で作った。

やっぱり、この世界の冷蔵庫と日本の冷蔵庫とでは使いやすさも性能も違うので自分で作ることにしたのだ。

「それじゃ、結婚祝いにプレゼントしますよ」

「嬉しいけど、どんどん返しきれない恩が増えていくわね」

「返しきれなかったら、娘さんを貰いますね」

わたしは肉を食べているフィナのほうを見ながら冗談っぽく言う。

「あら、こんな娘でいいの?」

ティルミナさんもフィナのほうを見る。

「素直で可愛くて、働き者で、家族想いで、料理もできて、解体もできる素晴らしい娘さんですよ」

わたしがフィナのことを褒め始めると、フィナの手が止まる。

「うっ、お母さんも、ユナお姉ちゃんもやめてください」

フィナは恥ずかしそうに顔を伏せる。

「どうやったら、10歳でこんな娘に育つのかな」

「たぶんわたしのせいね。わたしが病気になってこの子に負担をかけたせいで、普通の子よりも頑張っちゃったのね。わたしの病気の面倒、妹の面倒、家の仕事、ゲンツのところの仕事。この子には子供らしいことをさせてあげられなかったから」

「わたし、負担だなんて思っていないよ」

「だから、そんな考えができる時点で普通の10歳じゃないのよ」

「頑張ったのはわたしだけじゃないよ。シュリも手伝ってくれたから」

隣で一生懸命に食べている妹の頭を撫でる。

「そうね、シュリも一生懸命に手伝ってくれたよね」

ティルミナさんは嬉しそうに娘たちを見る。

食事が終わり、片付けもティルミナさんがやってくれる。

今は食後のオレンの果汁を飲みながらのんびりしている。

「そろそろ、帰りましょう」

ティルミナさんが椅子から立ち上がる。

「もう遅いし、泊まっていけば？　部屋もあるし。それに……」

わたしはシュリのほうを見る。シュリは小さく船を漕いでいる。

「シュリ、引っ越しの手伝い頑張ってくれたし」

「うーん」

シュリを見ながらティルミナさんは悩んでいる。

「迷惑じゃない？」

「それにみんな、引っ越しの作業で埃や汗で汚れているでしょう。今から帰ってお風呂の準備も大変なんじゃない？」

「わたしの言葉でティルミナさんはもう一度、考え込む。

「そうね。それじゃお願いしてもいい？」

この世界でもお風呂はそれなりに広まっているらしい。

よほどの貧乏じゃなければ家にあるそうだ。

それも、魔石のおかげ。火と水の魔石で簡単にお風呂を沸かすことができる。魔法の世界も科学の世界と同様に便利な世界だ。

お風呂の準備はティルミナさんが食事を作っている間にしたので、いつでも入れるようになっている。

「それじゃ、部屋はあとで案内するから、3人は先にお風呂に入って。フィナ、お風呂の使い方を教えてあげて」

フィナは解体作業などで汚れたときに何度かわたしの家のお風呂に入っているので、使い方を知っている。

「ユナお姉ちゃんも一緒に入ろうよ。お母さんもいいでしょう」

「いいけど、4人で入れるの?」

「大丈夫だよ。ユナお姉ちゃんの家のクマ風呂は大きいから」

フィナは腕を大きく広げてお風呂の大きさを表現する。

お風呂を作ったとき、召喚獣のくまゆるとくまきゅうが汚れた場合、洗い場としても使おうと思い大きく作った。

でも送還して、再召喚すると汚れが落ちることが判明したため利用頻度は低くなっている。

「クマ風呂?」

「入れば分かるよ」

フィナはティルミナさんの手を取る。そして、眠そうにしているシュリを起こしわたし

を見る。

「ユナお姉ちゃんも」

断る理由もないので、わたしも一緒にお風呂に入ることにした。

そして、フィナは次に眠そうにしているシュリを起こす。シュリは小さくあくびをする

と椅子から立ち上がる。

フィナはシュリとティルミナさんを連れてお風呂に向かう。

わたしは風呂場に行く前にゲンツさんのほうを見る。

「ゲンツさんは来たらダメだよ」

「行かんわ！」

ゲンツさんが叫ぶ。

4人で風呂場にやってくる。

日本でいえば脱衣所。

それぞれに籠を用意してあげる。

全員服を脱いで裸になる。

「ユナちゃん……」

「なんですか?」

ティルミナさんがわたしのほうを見ている。

「ユナちゃんのフードを取ったときの顔を初めて見たから」

街の中を歩くときなどはフードを被っていても顔って見えない?」

「別にフードを被っているのは深く被るけど、知り合いと会話をする場合は普通にしている。

「見えるけど、フードを被っているのと被っていないのでは全然印象が違うのよ。こんなに髪が長いとは思わなかったし、女の子は髪の毛で印象が変わってくるのよ。確かに、フードを被っていれば腰まで伸びる髪の毛は見えないよね。

わたしは自分の髪に触れる。

「ユナお姉ちゃんの髪は綺麗です」

フィナが褒めてくれる。

「お世辞じゃないよ」

「はいはい。お世辞はいいから、お風呂に入るよ」

フィナの言葉はスルーして、クマの服を脱いでお風呂場に入る。

風呂の左右には白クマと黒クマがドスンと座っていて、その口からはお湯が出ている。

よく、温泉で動物の口からお湯が出てくるのを参考にして作った。

もちろん、引きこもりのわたしが温泉なんて行ったことがあるわけもなく、テレビで見たことがあるだけだ。

「本当にクマ風呂ね」

ティルミナさんが口からお湯が出ているクマを見て感想を述べる。

「お風呂に入る前に、体を洗ってくださいね」

「シュリ、体を洗ってあげるからこっちに来て」

シュリは姉のフィナの所に向かう。

フィナはシュリを椅子に座らせて、シュリの頭から洗っていく。

そんな姿をティルミナさんが見て、娘の体を洗えなかったのを残念そうにする。

そして、こちらを見る。

「ユナちゃん、洗ってあげましょうか?」

「自分でできます。娘さんを洗ってください」

「でも、その綺麗な黒髪、長くて洗うの大変じゃない?」

「面倒だけど、1人でできます」

髪が長くなって数年、洗うのも慣れたものだ。

フィナが洗う隣に座り、体と髪を洗う。

先に洗い終わったシュリはひとり、すでにお湯に浸かっている。

フィナは自分の体を洗おうとした瞬間にティルミナさんに捕まり、洗われている。

洗い終わったわたしは二番手にお風呂に浸かる。

そのあとにフィナ、ティルミナさんの順番に続く。

「それにしてもユナちゃん、スタイルいいのね」

「そうですか?」

ウエストは細いけど胸が、

「胸は残念だけど」

思ったことを先に言われた。

胸の大きさはフィナよりも少し大きいぐらいだ。

10歳の少女と比べるのもあれだけど。

「そのうち、ボン、キュッ、ボンになる予定ですから」

「無理、じゃないかな」

そんなことないよ。

まだ、大きくなる可能性は数年は残っているよ。

「わたしは大きくなりますか?」

フィナが会話に参戦してくる。

わたしはティルミナさんとフィナを見比べる。

「夢を持つのは自由よ」

「なんか、酷いことを言われた気がするわ」

ティルミナさんはあまり大きくない自分の胸を見る。

ベッドに寝ていた頃に比べれば肉付きはよくなってきたが、ティルミナさんはまだ痩せ

細っている。

「心配しなくても大丈夫よ。フィナの胸はわたしと違って大きくなるわよ」

「わたし、ユナお姉ちゃんぐらいがいいです」

ガシ!

フィナを抱きしめる。

フィナとの友情を深めた瞬間であった。

そんなこんながあって、頭にタオルを巻いて長風呂から上がる。

戻るとゲンツさんがひとり寂しそうにしていた。

そして、こちらを見ると、

「おまえたち、なげえよ!」

部屋にゲンツさんの叫びが響いた。

# 36　クマさん、ドライヤーを使う

「それじゃ、次は俺が入らせてもらうぞ」

ゲンツさんはひとり風呂場に向かう。

残った4人はタオルで髪の水分を吸い取らせて乾かす。

このままでは乾くのに時間がかかるので、自分の部屋に行き、ドライヤーもどきを持っ
てくる。

土魔法でドライヤーの形を作り、内部に火と風の魔石を組み込んでドライヤーもどきを
作ったのだ。そうでもしないとわたしの長い髪の毛を乾かすのが面倒だからだ。どこかで
売っている可能性もあるけど、お店を探すのも面倒だったので、自分で作った。

「フィナ、ちょっとおいで」

「なんですか」

「後ろを向いて、座って」

素直にくるっと回って後ろを向いて座ってくれる。

肩よりも少し長めの髪の毛がわたしの前に垂れ下がる。

ドライヤーを掴み、スイッチ代わりに魔石に魔力を込める。

ドライヤーから温かい風が出てくる。

「ひゃ！　なに？」

フィナは小さく悲鳴を上げて後ろを振り向く。

「温かい風を出して髪の毛を乾かす道具だよ」

フィナの手に風を当てて安全なことを証明する。

「温かい」

「分かったら後ろ向いて」

フィナは素直に後ろを向く。そして、フィナの髪を乾かしてあげ、次にシュリの髪の毛

を乾かしてあげる。

「シュリ、おいで」

シュリは、素直にフィナが座っていた場所に入れ替わりに座る。　姉妹揃って素直に髪を

乾かさせてくれる。シュリの髪の毛はフィナよりも少し長い。

「ユナちゃん。便利な道具を持っているのね」

「髪の毛が長いと乾かすのも大変だから、作ったんですよ」

「終わったら、わたしにも貸してくれる？」

ティルミナさんの髪は背中まで伸びている。

「いいですよ」

シュリの髪の毛も終わりティルミナさんにドライヤーを貸してあげる。

「先でいいの？」

わたしの髪はタオルに巻かれて、まだ乾かしていない。

「わたしは時間がかかるからあとでいいですよ」

「そう？　それじゃ、ありがたく借りるわね」

ドライヤーを借りたティルミナさんは髪を乾かす。その様子を2人の娘が隣で見ている。

その光景を見ていると微笑ましくなってくるね。

ティルミナさんの髪の毛も乾き、わたしが髪の毛を乾かしているとゲンツさんが風呂から出てくる。

「いいお湯だったよ。あのクマには驚いたけどな。嬢ちゃん、ありがとうな」

「満足してくれたならいいよ」

ゲンツさんがわたしのほうを見て固まっている。

「どうしたの？」

「クマの嬢ちゃん。フードを取ると印象が変わると思ってな」

「そう？」

「フードのせいで、髪がそんなに長いとは知らなかったし、人は髪で印象が変わるからな」

ティルミナさんと同じことを言われた。

「フードを被っているユナちゃんは可愛らしい感じだけど。長い髪の姿を見ると美しいに

変わるって感じかしら」

「はい、わたしもそう思います！」

「褒めても、何も出ないよ」

「こんなに綺麗な髪をしているのに、フードで隠しているなんてもったいないよ」

流石に着ぐるみを着ないと強くなれないとは言えないので、黙秘する。こればかりは教えることはできないからね。

わたしの長い髪を乾かしていると、途中でフィナも手伝ってくれる。

「フィナ、ありがとうね」

髪も乾かし終わったので、みんなが寝る部屋に案内する。

4人を連れて2階に上がる。

「ゲンツさんは奥の部屋を使って。3人はベッドが2つしかないけど、その隣の部屋を使ってもらえる？」

「はい、わたしとシュリは一緒に寝ますから大丈夫です」

「ユナちゃん、今日はありがとうね。とても助かったわ。新居が落ち着いてきたら、ご馳走を作るから食べに来てね」

「そのときは、ご馳走になりますね」

「それじゃ、お休み」

「ユナお姉ちゃん、おやすみなさい」

「おやすみ」

ティルミナさんがお休みなさいと言うと、フィナとシュリも続ける。

「うん、おやすみ」

3人は眠そうに部屋に入っていく。

「俺も疲れたから寝させてもらう。今日は助かった。ありがとう」

ゲンツさんも恥ずかしそうに礼を言うと部屋に行ってしまう。

わたしも自分の部屋に戻り、寝ることにする。

翌朝、目覚めて1階に下りるとフィナが朝食の準備をしている姿があった。

「おはよう」

「おはようございます」

「早いね」

「いつも家族の朝食を作ってますから、どうしても目が覚めてしまうんです。あと朝食を勝手に作ったんですけど……」

「別に食材のことは気にしないでいいよ。それで、みんなはまだ寝ているの?」

「ゲンツおじさん、じゃなくてお父さんは仕事に行きました。ユナお姉ちゃんにお礼を

「言ってました」

ティルミナさんの病気のときに駆けつけたり、家を探したり、引っ越しのときにも仕事を休んでいる。流石に何日も休むわけにはいかないだろう。

「あと、シュリとお母さんは寝てます」

「疲れているようなら寝かせておいてもいいけど」

ティルミナさんは病気が治ったといっても病み上がりだ。長い間寝ていたため、体力は落ちているだろうし、引っ越しは肉体的にかなり疲れたはず。

「大丈夫です。シュリはいつものことですし、お母さんは病気で寝たきりの生活が長かったので朝が弱いんですが、起こせば起きます」

つまり、自分たちだけでは起きられないってことね。

「朝食もできましたから、2人を起こしてきます」

フィナはシュリとティルミナさんを起こしに2階に向かう。

数分後、ティルミナさんとシュリが目を擦りながら下りてくる。

「ユナちゃん、おはよう。昨日はありがとね」

まだ、眠そうだね。シュリも眠そうにしている。

でも、顔を洗って目を覚ましてきた2人は椅子に座り、フィナが作ってくれた朝食を食べ始める。

朝食は簡単に野菜をパンに挟んだものと牛乳だ。

そういえば、目玉焼きを食べていないな。パンに挟むと美味しいんだけどな。

でも、街で卵って見たことないな。

「フィナ、ちょっと聞きたいことがあるんだけど」

「なんですか?」

「卵ってどこに売ってるの?」

「はい?」

「だから、卵。卵を焼いてパンにのせて食べると美味しいから、卵が欲しいんだけど。売っているところを見たことがないと思ってね。だから、売っている場所を知っていたら教えてほしいんだけど」

「ユナお姉ちゃん。そんな高級食材、普通のお店では売ってませんよ」

「そうなの?」

「そうね。基本、卵は高級食材だから、貴族や一部のお金持ちしか食べないわね」

ティルミナさんがフィナの言葉に説明を付け加えてくれる。

「だから、わたしが行くようなお店では売ってないわけだ。

「森とか行って卵を採ってこないといけないし、時間がかかると腐ってしまうから、遠くから運んでくることもできない。早馬で運んでもお金がかかるから高級食材になって、わたしたち庶民には食べられないのよ」

「えーと、飛ばない鳥を捕まえて育てたりは……」

「飛ばない鳥? 飛ぶから鳥じゃないの?」

この世界にニワトリはいないのかな?

もしかして、ここはニワトリがいない地域とかなのかな?

探せばどこかにいるかな?

欲しい食材リストにニワトリと卵を追加しておく。

朝食を食べ終わった3人は引っ越し荷物の片付けの続きをするため家に帰っていく。

わたしも手伝いを申し出たが断られた。

「ユナちゃんも仕事をしないといけないでしょう」

と言われたけど、別に働かなくても一生（いっしょう）生きていけるだけのお金はある。

それに偉い人は言ってた。働いたら負けだと。

でも、この世界を楽しむために、面白い依頼を求めて冒険者ギルドに向かうことにした。

# 37　フィナ、新しいお父さんができる

お母さんに美味しい食べ物を食べてもらうための買い物から帰ってくると、ユナお姉ちゃんはいませんでした。

帰ったそうです。

まだ、お礼を言い足りないのに。この食べ物を買ったのもユナお姉ちゃんのお金なのに、それもお礼を言ってません。

今度、会ったときに忘れずに言わないといけません。

そして、お母さんとゲンツおじさんの2人を見るとなぜか顔を赤くしてました。

どうしたのでしょうか。

「えーと、フィナ、シュリ。その……なんだ。……新しいお父さんいらないか?」

「お父さん?」

ゲンツおじさんが変なことを聞いてきます。

お父さんは死にました。

新しいお父さんとはどういう意味なのでしょうか。

「分かりません。わたしお父さんのことあまり、覚えてませんから、お父さんが欲しいかと聞かれても……」

「分からない」

シュリも首を傾げます。

ゲンツおじさんが頭を掻いて、わたしたちのほうを見ます。

「おまえたちの母さんと俺が結婚することになった。フィナ、シュリ、認めてくれるか?」

結婚?

「俺がおまえたちの父さんになりたい。おまえたち3人を守っていきたい。クマの嬢ちゃんほど頼りにならないと思うけど、俺におまえたちを守らせてくれないか」

「ゲンツおじさん?」

「フィナ、シュリ、ゲンツがお父さんじゃダメかな?」

お母さんが聞いてきます。

よく分かりません。

でも、

「お母さんを幸せにしてくれるなら」

シュリも頷いていました。

「ああ、幸せにするよ。もちろんおまえたちのことも幸せにしてみせる。その…ありがとう。フィナ、シュリ」

　ゲンツおじさんが抱きしめてきます。

　お母さんとゲンツおじさんは嬉しそうでした。

　それから大変でした。

　元気になったお母さんがベッドから起きだそうとします。

　だから、起きだそうとするお母さんをベッドに寝かせたり、

料理を作ろうとするお母さんをベッドに寝かせたり、

掃除をしようとするお母さんをベッドに寝かせます。

　出かけようとするお母さんをベッドに寝かせます。

　ユナお姉ちゃんにしばらくは安静にするように言われています。

　二度とお母さんを苦しませるわけにいきません。

　シュリにお母さんを見張ってもらいます。

　シュリもお母さんと一緒にいて嬉しそうです。

　あと、ゲンツお父さんは4人で一緒に住む家を探すそうです。

　そのため少しずつ引っ越しの準備をしなくてはいけません。

　お母さんの病気が治った数日後、新しい家も見つかり、引っ越すことになりました。

　ユナお姉ちゃんに、お母さんが動いてもいい許可をもらえました。

引っ越し当日、ユナお姉ちゃんも手伝ってくれることになりました。

本当は引っ越しはお金と時間がかかるものです。

荷物を運ぶため、台車、リヤカーを借りて、何度も何度も往復をしなくてはいけません。

でも、ユナお姉ちゃんのアイテム袋はなんでも、どんな大きさでも、どんな量でも入ります。

前にタイガーウルフを討伐に行ったとき、家が出たり入ったりしたのは驚きました。

そんなユナお姉ちゃんがどんどん荷物をクマさんの口に入れていきます。

家の中の荷物は前もって準備をしていたおかげもあって午前中に全て運べました。

次にゲンツお父さんの家に行きます。

凄く汚かったです。

部屋の中はごちゃごちゃしてました。

お母さんは凄く怒ってました。

お母さんはわたしとシュリ、ユナお姉ちゃんに先に新しい家に行って片付けするよう頼みました。

わたしたちは新しい家に向かいます。

家に着くと、シュリに掃除をお願いします。

わたしはユナお姉ちゃんに家具やベッドを出してもらいます。

本当なら、何人もの手でベッドを1階から2階に運ばないといけないのに、ユナお姉ちゃ

んがクマさんのアイテムボックスから出すだけで終わります。

ユナお姉ちゃんは荷物を出し終わるとお父さんの家に向かいます。

シュリと2人で片付けを頑張ります。

日が暮れ始めたとき、お母さんたち3人がやってきました。

そして、食事の話になりました。

でも、家の中はまだ、片付いてなく、食事ができる状態ではありませんでした。

それでお父さんが外へ食べに行こうと言ったら、お金が勿体（もったい）ないとお母さんに叱（しか）られていました。

どうして、ユナお姉ちゃんはこんなに優しいのでしょうか。

結局、ユナお姉ちゃんの家にお世話になることになりました。

泊まることになったわたしたちは、引っ越しで汚れたのでお風呂に入らせてもらいました。

食事をとって、ユナお姉ちゃんの家に泊まることになりました。

ユナお姉ちゃんの家のお風呂は大きくて、4人で入っても大丈夫です。

あと、クマさんの口からお湯が出ます。

お父さんを除いた女4人一緒にお風呂に入ります。

ユナお姉ちゃんの体はすらっとして細く、綺麗（きれい）です。

腰より下に伸びる黒髪が特に綺麗です。

わたしも伸ばせば綺麗になるかな。

お風呂に入ると、胸の話になりました。

ユナお姉ちゃんはボン、キュッ、ボンになるとか言ってました。

ボン、キュッ、ボンってどんな意味なんでしょうか。

わたしはユナお姉ちゃんぐらいの胸の大きさでいいと思います。

よく、大人の大きな胸を見ますが邪魔ではないのでしょうか。

わたしは自分の胸を見ながらお母さんに聞きました。

「わたしは大きくなりますか?」

なぜか、ユナお姉ちゃんがお母さんの胸とわたしの胸を見ます。

「夢を持つのは自由よ」

そんなことを言いました。

そんなユナお姉ちゃんの言葉にお母さんが少し怒っています。

そして、お母さんはわたしのほうを見ます。

「心配しなくても大丈夫よ。フィナの胸はわたしと違って大きくなるわよ」

「わたし、ユナお姉ちゃんぐらいがいいです」

そう言った瞬間、ユナお姉ちゃんに抱きしめられました。

なぜか、感激をしています。

よく分かりません。

風呂から上がると、次にお父さんがお風呂に入ります。

その間に髪の毛を乾かします。

ユナお姉ちゃんの髪は長くて乾かすのが大変そうです。

わたしが髪の毛をタオルで拭いていると、ユナお姉ちゃんが筒状の変な形の道具を持ってきました。

ユナお姉ちゃんが後ろを向くように言うので素直に従います。

すると、後ろから温かい風が吹きました。

わたしは驚いて変な声を上げてしまいました。

ユナお姉ちゃんが言うには温かい風を出して、髪の毛を乾かす道具だそうです。

その風は温かくてとても気持ちよく、あっという間に髪の毛が乾きました。

次に妹のシュリ、お母さんの順番に乾かし、最後にユナお姉ちゃんの髪の毛を乾かします。

こんな便利な道具を持っているユナお姉ちゃんは凄いです。

みんなの髪の毛が乾いたころ、お父さんもお風呂から出てきましたので、引っ越しの疲れもあり寝ることになりました。

お父さんは1人、わたしとシュリ、お母さんは同じ部屋で寝ます。

翌朝、ひとりベッドから起きだします。

お母さんとシュリは寝ています。

2人を起こさないように部屋から出て1階に下ります。

朝食を作っているとお父さんが1階に下りてきました。

お父さんは朝食を1人で先にとると、仕事に行きました。

ギルドの仕事は朝が早いです。

お父さんが仕事のため家を出ると、それと入れ違いにユナお姉ちゃんが下りてきます。

朝食の準備もできているので寝ている2人を起こしに行きます。

4人で朝食を食べていると、ユナお姉ちゃんが変なことを聞いてきました。

「卵ってどこに売っているの?」

卵って鳥さんの卵のことでしょうか。

そんな高級品、普通の店では売ってません。

そのことを教えてあげると残念そうな顔をしていました。

そんなに卵が食べたかったのでしょうか。

朝食を食べ終わると、引っ越しの片付けをするために新しい家に帰ります。

新しい家に戻り、3人で手分けをして片付けをします。

シュリは小さいものの片付けと掃除。

わたしとお母さんで大きめのものを片付けます。

お父さんは仕事なのでしかたありません。

わたしたちの家から持ってきたものはすぐに片付いたのですが、お父さんの家から持っ

てきた荷物が適当に箱に入れられているため、片付けが大変でした。

でも、家族で協力し合って引っ越しが終わりました。

これも、全てユナお姉ちゃんのおかげです。

ユナお姉ちゃんに出会って全てが変わりました。

美味しいごはんが食べられ、

元気なお母さん、

新しいお父さん。

全部、ユナお姉ちゃんのおかげです。

# 38 クマさん、ギルマスに感謝される

面白そうな仕事を探しに冒険者ギルドにやってきた。

ギルドの中に入り、受付を見るとヘレンさんと目が合うが素通りして依頼が貼ってあるボードに向かおうとしたら、

「ユナさん!」

ヘレンさんに呼び止められる。人を見ていきなり叫ばないでほしいのだけど。

部屋にいる冒険者たちがこちらを見ているよ。それでなくても、クマの着ぐるみのせいで目立つのに。

「なに?」

無視をすると、また名前を呼ばれそうなので、話を聞くことにする。

「今度はなにをしたんですか? ギルマスからユナさんが来たら呼ぶようにって言われています」

「会って早々、なにを言うのかこの娘は。

「わたし、今回なにもしてないよ」

「本当ですか?」

そんな疑うような目で見られても、こちらとしても憶えはない。

この数日は依頼自体受けていないし、人様に迷惑をかけた記憶もない。

そんなわたしの気持ちに関係なく、ヘレンさんにギルドマスターの部屋へ連れていかれる。

「ギルマス! ユナさんが来ましたので連れてきました」

中から「入ってくれ」という声が聞こえてくる。

逃げるわけにもいかないので、渋々中に入る。 部屋の中に入ると筋肉マッチョのギルドマスターが奥の机で仕事をしている姿があった。

似合わない姿だ。

「とりあえず、座ってくれ」

大きなテーブルと、その周りに椅子が並べられている。

とりあえず、入り口に一番近い椅子に座る。

「えーと、呼ばれたみたいだけど、なに?」

「ゲンツのことだ。 礼が言いたくてな」

「礼?」

「おまえがティルミナの病気を治して、ゲンツと結婚させたそうじゃないか」

「そうだけど、どうしてギルドマスターがお礼を言うの?」

「まず、ティルミナの病気をおまえの故郷の貴重な薬で治してくれたそうだな」

ゲンツさんたちには、病気を魔法で治してくれたことが広まると面倒なことになるので、病気

を治したのは貴重な薬ってことにしてもらっている。

「ティルミナは元冒険者で病気のことは気になっていた」

「もしかして、フィナがギルドで働いていたのも?」

「少しでも手助けができればと思ってな。でも、表立って雇うわけにもいかないから、仕

事が多いときだけにしていた。だから、おまえさんがウルフを持ってきてくれたときは感

謝した。それに今も雇ってくれているのだろう?」

「わたしが好きでやっていることだよ」

「それだけじゃない、ゲンツの奴もこの年まで結婚しないできた。あいつがティルミナの

ことを好きなことは知っていたが、病気だったし、相手は旦那がいなくても子供が2人い

るだろう。そんなときにおまえさんが、病気のティルミナの病気を治し、ゲンツの気持ちを後押

ししてくれたから感謝している。だから、礼が言いたかった。ありがとう」

嬉しそうに礼を言う。

「気にしないでいいよ。わたしがフィナのために脅迫して結婚させたようなものだから」

「優しい脅迫もあったもんだな。でも、これであいつも心配事がなくなって、仕事に専念

できるだろう」

もしかして、ゲンツさんとギルマスは部下と上司だけの関係じゃないのかもしれない。

元パーティーメンバーってことはないと思うけど。

「用がそれだけなら、わたしは戻るけど」

椅子から立ち上がろうとした瞬間、ドアがノックされる。

「なんだ」

「失礼します」

ギルド職員の女性が頭を下げて入ってくる。

「ギルマス。クリフ・フォシュローゼ様がいらっしゃいました。お通ししてもよろしいでしょうか？」

ギルド職員はわたしのほうを軽く見る。

ギルマスはわたしの相手をしている。でも、来たのは貴族様。待たせることはできないってことかな。

でも、クリフがギルドマスターになんの用なのかな？

「話は終わったから大丈夫だよ」

わたしが言うと、ギルド職員はギルマスのほうを見る。ギルマスは小さく頷く。

「では、お呼びしてきます」

ギルド職員は部屋から出ていく。

「それじゃ、わたしも行くね」

「ああ、呼び出して悪かったな」

わたしも椅子から立ち上がり、部屋から出ていこうとした瞬間、ドアが開いた。

「朝早く失礼する」

ドアからクリフが入ってくる。わたしが目線を上げると、ちょうど目が合う。

「クマ？ ユナか」

頭を軽く下げて、挨拶をする。

クリフとすれ違うように部屋から出ようとした。ユナも話を聞いてくれるか」

「ちょうどよかった。ユナも話を聞いてくれるか」

部屋から出ようとしたわたしは肩を摑まれて、部屋に引き戻され椅子に座らされる。

「それで、こんな朝早くからクリフ様自らお越しいただき、なに用でしょうか？」

「言葉遣いはいつも通りでいいぞ」

ギルマスはわたしのほうを見る。

「ユナなら気にしないでいい」

「そうか、おまえさんが言うなら分かった。それで、冒険者ギルドになんの用だ」

ギルマスは友人に話すような口調に変わる。

「おまえさんに相談があってな。来月、国王陛下が40歳の誕生日を迎えることは知っているだろう」

「ああ、この国に住んでいればな」

わたしは知らないけど。そうなんだ。

「そのときに国王陛下に献上するいいものがなくてな」

「そんなことなら、商業ギルドに頼め。ここは冒険者ギルドだぞ」

「商業ギルドならすでに行った。でも、国王陛下が喜びそうなものがなくてな。金で買えるものを献上しても面白味がない。それで、冒険者ギルドで珍しい剣や防具、道具とかがないかと思ってな」

「冒険者ギルドで手に入ったものは商業ギルドに回しているからないぞ」

「だよな。一応確認のために来たんだが。それで第2案としてユナ、おまえさんに尋ねたいんだが」

「なに?」

嫌な予感しかしない。

「おまえさん、珍しいものを持っていないか。そのクマのアイテム袋みたいなやつ。もしくは、召喚獣を召喚するアイテムとか」

「悪いけど、持っていないよ。もちろん、このクマのアイテム袋を譲る気はないし、召喚獣のクマも譲る気はないよ」

そんなことを無理やりされるようなら、逃げ出すだけだ。

「それじゃ、なにか作れないか、クマの家みたいなやつ。俺も見たけど、あれは凄かった。流石にあんなに大きいと運べないから小さいものだと助かるんだが」

う～ん、作れないことはない。

地球のアイディアを使えばドライヤーみたいなものを作り出せるかもしれない。でも、わたしにはこの世界にあるものとないものが分からない。

ドライヤーみたいなものはあるかもしれないし、ないかもしれない。なにを作ればいいか分からない。それに下手なものを作って目立ちたくない。

とりあえず、いいものがないかクマボックスの中を調べてみる。

………………

………………

うん？　いいものがあった。

「冒険者ギルドには珍しいものを探しに来たんだよね」

「ああ」

「それなら、これはどう？」

クマボックスからゴブリンキングの剣を出す。

「これは？」

クリフとギルドマスターがわたしが出した剣を見る。

「ゴブリンキングの剣だよ」

「本当か！」

クマの観察眼で確認したから間違いない。

「確かに以前、おまえさんがゴブリンキングを倒したのは聞いていたが、ゴブリンキングの剣を持っていたのか?」

意外と2人の反応がいい。

「とりあえず、本物か確認だな」

ギルドマスターは鑑定できる職員を呼ぶ。

すぐに年配の男性がやってきて、ゴブリンキングの剣を鑑定する。

「間違いありません。ゴブリンキングの剣です」

「そうか、助かった。下がっていいぞ」

男性職員は頭を下げて、部屋から出ていく。

「これは国王への贈り物になる?」

「ああ十分になる。珍しい剣だから」

「そうなの? ゴブリンキングを倒せば手に入るものじゃないの?」

「ゴブリンキングが皆持っているわけではない。詳しくは分かっていないが、元は普通の剣だったらしい。それがゴブリンキングが持つことによって、その魔力が剣に流れて変質するといわれている。だから、生まれたてや魔力の弱いゴブリンキングはゴブリンキングの剣を持っていない」

それと同じことかな。

ゲームでも落とすのは低確率だった。

もっとも、ゲームではゴブリンキングの成長って概念はなかったけど。

「それで、その剣を譲ってくれるのか?」

「別にいいけど」

いらないし、なによりも名前がダサい。どうせ持つなら、カッコいい剣が欲しい。

「では、いくらほどで譲ってくれるのだ?」

「価値が分からないのだけど、いくらぐらいするものなの?」

「正直に言えば分からない。手に入れようと思って手に入れられるものじゃないからな。おまえさんに決めてもらって構わない。それで俺が払えるようだったら払う」

「それって、相場を知らないわたしが不利じゃない」

まあ、お金に困っていないからいくらでもいいんだけど。それだと面白くない。

「譲ってもいいけど、それじゃ、貸し1つでどう?」

「貸し1つ?」

「領主っていろいろ悪いことしているんでしょう。だから、わたしが困ったときに手を貸してほしい」

「貴族は悪いことをして、もみ消したりしてそうだ。俺は真っ当だ」

「人聞きの悪いことを言うな。

「まあ、冗談は抜きにして、今後頼みごとができたら、お願いを聞いてほしい」

「たとえばなにをしてほしいんだ?」

「ギルドマスターを辞めさせるとか?」

「お、おい」

ギルドマスターが立ち上がる。

「冗談だよ。今はなにもないから。今後、なにかあったらお願い。もし、無理だったら断っ

てもいいし」

「そんなんでいいのか?」

「いいよ。そのほうが面白そうだから」

「それじゃありがたく貰う。あとで契約書を用意する」

「いらないよ。もし、約束を破ったら、破ったでいいよ」

わたしは笑顔を向ける。

実際問題、いらない剣だ。なくても問題はない。

貸しができたら儲けもんと思うことにする。

「俺にできることなら手を貸すと誓おう」

誓うとか大げさすぎる。

「それじゃ、そのときはお願いね」

# 39 クマさん、蛇討伐に行く

ギルマスとクリフのせいで出遅れたが、依頼の貼ってあるボードに向かう。

ランクDのボード

・剣術の先生（女性限定）。

・オークの討伐。

・タイガーウルフの素材全て。

・ゴブリンの魔石200個、時期は問わない。

・メルメル草の入手。

・ホエール山の岩猿の討伐、数は未定。

ピンと来るものがない。

剣術の先生（女性限定）。クマでもいいのかな? でも、剣術なんて、ゲームの中の知識ぐらいしかない。それに人に教えるのは面倒そうだ。

オークの討伐は面白味に欠ける。

タイガーウルフはこの前倒したし、ゴブリンは剝ぎ取りができないから無理だし。

岩猿の討伐は数が未定なのが困る。終わりが分からない依頼は受けたくない。

ギルマスとクリフに捕まっていなければ他にもあったのかもしれないけど、それはしたない。

次にランクCのボードを見に行く。

・ランクCのボード
・ワイバーンの素材。
・ある方の護衛、秘密厳守。
・人魚の鱗（うろこ）の入手。
・ザモン盗賊団の殲滅（せんめつ）。
・ヒストリの花の採取。

・ウォータースネークの討伐、素材含む。

・ファイヤータイガーの討伐、素材含む。

　　・・・・・・

　　・・・・・・

　　・・・・・・

ランクCの討伐は面白そうだけど、居場所が分からなかったり、遠かったりする。

でも、人魚が存在したのは驚きだ。

今度、見に行くのもいいかもしれない。

日帰りでできそうな面白そうな依頼もないので帰ろうと思ったら、受付のほうが騒がしいことに気づいた。

「どうして、ダメなんだよ」

「ダメなわけじゃありません。　時間がかかると言っているのです」

「それじゃ間に合わないんだよ。　父さんも母さんも村のみんなも死んじゃうだろ」

背の低い少年がヘレンさんに向かって泣きながら訴えている。

「ですから、ブラックバイパーを倒せる冒険者が現在いないんです。　呼びかけるにしても明日になってしまいます」

「父さんと母さんが……」

少年が泣き崩れる。

「どうしたの?」

声をかけながらヘレンさんのところに向かう。

「それが、この子の村にブラックバイパーが出たそうなんです」

「ブラックバイパーって蛇だっけ?」

「はい、普通のバイパーより大きく、大きいものは全長100m以上になります。すでに村の何人かが食べられたそうなんです。それで、この少年が馬に乗って街まで来たのですが、ブラックバイパーを倒せるほどの冒険者は出払っていて、帰ってくるのは数日後になるんです」

ブラックバイパーか。

泣き崩れている少年を見る。

「それじゃ、わたしが行こうか?」

暇だし。

「行こうかって、そんな近所に出かけるように軽く。ブラックバイパーは大きさによってBランクの魔物になるんですよ」

「でも、急がないと村が危ないんでしょう?」

「ですが」

「危なかったら逃げるから大丈夫。ヘレンさんは一応、冒険者の招集の手続きをしてておい
て。時間稼ぎぐらいはしておくから」

「バカにしているのか！ そんな変な格好したあんたが来たってブラックバイパーを倒せ
るわけないだろう」

少年が叫ぶ。もっともなことだ。普通、こんなクマの着ぐるみを着た女の子がそんな化
物を倒せるとは思わない。

「う〜ん、なら、先に行って情報集めをするよ」

「情報集め？」

「情報を集めて、ヘレンさんが呼んだ冒険者に情報を渡す。大きさや居場所などが分かれ
ば効率よく討伐できるでしょう」

少年はわたしの出任せの嘘に小さく頷（うなず）いている。

「それで、ヘレンさん。その村ってどこにあるの？」

「南東に早馬で１日半です」

「早馬で１日半ってかなり距離があるのかな。

馬が１日何時間走れるのか知らないけど。24時間走らないことぐらいはわたしでも分か
る。

「本当に行くんですか？」

「暇だからね」

「では、少しお待ちください。ギルマスに確認を取りますので」

ヘレンさんは席を外し、ギルマスの部屋に向かう。だが、すぐにギルマスと一緒に戻ってくる。

「ブラックバイパーを倒しに行くだと」

「様子を見にいくだけよ。倒せるようだったら倒すし、ダメなら、逃げ出して、情報を集めてヘレンさんが呼んだ冒険者に任せるよ」

「ヘレン、その冒険者は誰だ」

「ランクCの隻眼のラッシュのパーティーです」

なに、そのカッコいい中二病みたいな名前。呼ばれたいとは思わないけど、見てみたい。

眼帯でもしているのかな？

「ランクCの隻眼のあいつたちか。それだけじゃ、不安だ。他にも手配できるならしとけ」

「分かりました」

「それじゃ、行くぞ、ユナ」

ギルドマスターが変なことを言いだした。

「行くって？」

「俺も行くんだよ。俺も元冒険者だ。おまえさんの足手まといにはならん」

ならんと言われても。

「でも、行くって、ギルマスはどうやって行くの？」

「わたしはくまゆるとくまきゅうに乗っていくつもりだ。

馬で行くに決まっているだろう」

「それじゃ、わたしが先に行くよ。わたしの召喚獣なら、一日もかからないはずだから」

「それは本当か？」

「召喚獣は2匹いるから、交代で行けば、たぶんね」

実際のところは分からないけど、馬一頭で行くよりは速いはずだ。

「あのクマの召喚獣か、分かった。おまえは先に行ってろ。でも、俺が到着するまで無理

はするなよ」

「了解」

わたしがギルドから出ていこうとした瞬間、少年に引き止められる。

「待ってくれ、俺も連れていってくれないか」

「足手まといだよ」

「村への道案内をする。時間を短縮できるはずだ」

少年の体格を見る。

軽そうだ。

少年分ぐらい重量が増えても平気かな。

「分かった。でも、休憩はないよ」

「構わない。村のためだ。こんなところで一人で待っていられない」

「それじゃ、時間も勿体ないから行くよ。少年」

「カイだ」

「わたしはユナ。それじゃ、行こうか、カイ」

街から出て、くまゆるを召喚する。

カイは驚く。

「早く乗って。急ぐんでしょう?」

「姉ちゃん、何者なんだ。その格好もだけど」

「今はそんなことはどうでもいいでしょう。家族が待っているんでしょう?」

カイは頷き、くまゆるに乗る。

その後ろにわたしが乗る。

「しっかり前を見て、方向を指示して」

カイは頷く。

くまゆるはカイが示す方向に走りだす。

その速さは馬よりも速く、持久力もある。

3時間ほど走るとくまきゅうと交代する。

そのときに短い食事の時間を作る。

「5分で食べなさい」

クマボックスからパンと果汁を出しカイに渡す。

カイは礼を言って飲み込むようにパンを食べる。

「どのくらい進んだ?」

「4割から5割ぐらいだけど」

それならあと3時間ちょっとで着くのか。簡単に食事をすませるとくまきゅうに乗り換えて走りだす。

カイは今朝、早馬で到着して疲れているはずなのに、我慢して村への方角をちゃんと示している。

「方向が合っているなら、少しは寝てもいいよ」

カイは首を振る。

「いい。どうせ、眠れない。それに方向が少しでもずれたら、時間が勿体ない。初めはこんな変な格好をした姉ちゃんが来ても無駄だと思っていた。でも、この召喚獣を見たら、姉ちゃんは凄い冒険者なんじゃないかと思う。ブラックバイパーを倒せなくても、村人を逃がすことができるんじゃないかと。だから、早く行きたい。俺は村に行っても役に立たない。だから、せめて道を間違わず最短距離で村に向かうのが俺の役目だと思う」

カイはしっかりと自分の状況を把握している。

この少年、大人すぎる。

フィナといい、この子といい、この世界の子供はどうなっているんだか。

「それじゃ、しっかり道案内をお願いね」

「ああ、だから、姉ちゃんも村のみんなを救ってくれ」

「やれることはするよ」

村に向かってくまきゅうは走りだす。

# 40 クマさん、蛇退治をする

くまきゅうに乗り換えてから数時間後、再度くまゆるに交代して村に向けて進む。

日が沈み始めたとき、村が見えてきた。

くまゆるは速度を緩めてゆっくりと村の中に入る。

村の中は静かだった。

廃村のように物音一つしない。

全滅。

嫌な言葉が脳裏をよぎる。

カイはくまゆるから降りて、村の中を走りだす。

「みんな、いるか! 俺だ。カイだ。戻ってきたぞ!」

カイは村に向かって叫ぶ。でも、誰も出てこない。

いや、ドアが開く家があった。

「カイか?」

家から男性が出てくる。

「父さん！　母さんは？　村のみんなは？」

「静かに」

カイのお父さんは静かにするように言う。そして、村の現状を話し始める。

「母さんなら大丈夫だ。でも、衰弱している。この数日ろくに食事もしてないからな」

「他の村の人たちは？」

「出てこない」

「どうして」

「あいつは音に反応する。逃げ出したエルミナ一家が食われて死んだ。井戸に水を汲みに行ったロンドも食われた。だから、誰も家から出てこない。食われるかもしれないからな」

「それじゃ、ここで話しているのも」

「ああ、だから大声は出すな」

わたしたちは息を呑み、静かにする。

「父さん、ドモゴルさん？」

「ドモゴルさん？」

「俺が馬に乗って村を出るときに、ドモゴルさんが囮（おとり）になってくれたんだ」

わたしが尋ねると小さい声で話してくれる。

「……ドモゴルなら死んだ」

「ドモゴルさんが……」

「だから、おまえから話を聞いて、これからどうするか考えなければならない。それが、ドモゴルに対して俺たちができることだ」

「父さん……」

「それで、そのクマはなんだ」

カイのお父さんがわたしのほうを見る。

いつも通りのクマの格好。

この姉ちゃんは情報集めのために先に来てくれた冒険者だ」

父親に落胆の表情が窺える。もしくは、怒りの表情かもしれない。

「このクマの格好をした嬢ちゃんが……」

「父さん、このあとにギルドマスターが来てくれる。そのあとにもランクCの冒険者を派遣するって言ってくれた」

息子の言葉に父親は安堵の表情を浮かべる。まあ、クマの格好をした女の子じゃなく、ギルドマスター、ランクCの冒険者が来ると分かればそんな顔もするか。

「それで、ギルドマスターはいつ着くんだ」

「俺たちはこの姉ちゃんの召喚獣のおかげで街から半日で来られたけど、ギルドマスターは明日になるって言っていた」

カイはくまゆるをみながら説明する。

「そうか、それで嬢ちゃんはどうするんだ」

「まずは情報収集。可能なら討伐をするけど」

「冗談も笑えないとつまらないな。あんなもの嬢ちゃんに討伐できるわけがないだろう」

父親は吐き捨てるように言葉をぶつける。

「それを判断をするのはあなたじゃないよ。わたしだよ。なんでもいいからブラックバイパーの情報をちょうだい」

「大した情報はない。朝イチに村に食べに来るぐらいだ。家を破壊し、家にいる全員を食うと去っていく。そして村から逃げ出す者がいれば食われる。音を出せば優先的に食われる」

朝イチね。つまり、夜は襲ってこないわけか。それから音に反応するのか。

「それじゃ、ブラックバイパーの様子を見に行ってくるよ」

「こんな遅くにか」

日が傾いている、あと一時間もすれば日が沈んで暗くなるだろう。

「だからよ。もし、わたしが見つかって戦いになったら、わたしを囮にして逃げてもいいからね。馬があれば逃げることもできるでしょう」

「いや、誰も逃げ出さないだろう。逃げれば食われると皆思っている。それに馬も村の人間全員が逃げられるほど数はない」

父親は諦めた表情をする。それだけ追い詰められているってことだ。

「とりあえず行ってくるよ」

「姉ちゃん、気をつけてくれよ」

わたしはカイの頭を撫でて、くまゆるに飛び乗って走り出す。

クマの探知を使うと、少し離れた位置に反応がある。それほど、離れた位置ではない。

くまゆるの走る速度なら数分で着くだろう。

速い。

距離が一瞬で縮まり瞬く間に大きな口が迫ってくる。

ブラックバイパーが動き、襲いかかってくる。

でかい。

身を起こしたブラックバイパーは圧迫感を感じさせる。

目線をブラックバイパーに戻したとき、バイパーは顔を上げ、こちらを向いて長い舌を出していた。

くまゆるから降りて、くまゆるを送還する。

大きい。寝ているなら先手必勝で攻撃かな。

いや、岩だと思ったのはとぐろを巻いた巨大なブラックバイパーだった。

夕暮れ時、遠くに大きな岩が見える。

そろそろ目的のブラックバイパーが見えてくるはず。

何もない平地を走る。

とっさにステップをして右にかわす。

巨大な物体が左側を掠めて通る。かわしたと思った瞬間、バイパーの胴体がグニャッと曲がり、襲ってくる。クマの手でとっさにガードするが、後方に吹っ飛ばされる。地面を転がるがそれほど衝撃はない。

クマのおかげ？

考える暇を与えられず、2度目の攻撃が迫ってくる。体が大きいため、上には逃げられない。左右に逃げる。でも、避けても胴体、尻尾が2撃目、3撃目と連続で襲いかかってくる。

大きな体が動くたびに砂埃が舞い、視界が悪くなる。さらに夕暮れ時、相手の体は黒い。話によれば音に反応するらしいし、夕暮れ時に来たのは失敗だったかな。

砂埃を風魔法で吹き飛ばす。

動きが止まるたびに攻撃魔法を何度か撃ち込むがダメージを与えている感じがしない。火も風も氷もあの黒い蛇皮に弾かれてしまう。

落とし穴は相手が大きすぎるため使えない。

うーん、通常の魔法攻撃だとダメか。でも、クマ魔法だとやりすぎるんだよね。火のクマを使えば倒せると思うけど、あの皮はいろいろと活用ができそうだから、できるなら燃やしたくはない。

ゲームならどんな攻撃方法でも倒せばアイテム化したけど。現実だと燃やしたものは元

には戻らない。

剣で斬りつければ傷がつくし、魔法で攻撃を当てれば、素材にダメージが残る。

火はやめてクマの風魔法を使ってみるが、切り裂くまでにいかない。

血が流れたと思うとすぐに塞がる。

再生能力？

外がダメなら中からかな？

後方にジャンプして距離を取る。

ブラックバイパーは地面を這いずり距離を縮める。

右、左とかわしながら口が開くチャンスを窺う。

突進攻撃ばかりで、噛みつき攻撃をしてこない。

なかなか口を開かない。　上に飛べば開くかな？

地面を蹴り、高く飛ぶ。

空中に逃げたわたしにブラックバイパーは大きな口を開いて襲いかかってくる。

その瞬間にクマさんパペットサイズの炎のクマを数十体作り出す。

わたしの前に綺麗に隊列を組む炎のミニクマたち。

ブラックバイパーの口が一直線に迫ってくる。　口の中にクマを入れてくださいと言わんばかりに。

その動きに合わせて、炎のミニクマをブラックバイパーの口の中に突入させる。

長い舌を焼き、炎のミニクマたちはブラックバイパーの体内に入っていく。

ブラックバイパーは苦しみだし、わたしを食べるために伸ばした胴体を曲げ、地面に崩れ落ちる。

ブラックバイパーは地面に転がり、ドスンドスンと何度も自分の体を地面を叩きつける。

そのたびに地面が揺れる。

だが、ブラックバイパーの動きは次第に鈍くなり、最後には活動を停止した。

「終わった？」

クマの探知を使い、ブラックバイパーの反応が消えていることを確認する。うん、死んでるね。

やっぱり、このクラスの魔物になると普通の魔法では倒せないね。

もっと、使い勝手がいいクマ魔法を考えないといけないかな？

このままだと、欲しい素材があった場合、燃やしちゃうし。

ブラックバイパーに近づきクマボックスにしまう。

任務完了。

しまうときにブラックバイパーの口からこんがり焼けた美味しそうな匂いがしたのは内緒だ。わたしはくまきゅうを召喚して、村に帰る。

村の近くに戻ってくるとカイが立っていた。

「こんなところでどうしたの？」

「姉ちゃんを待っていたんだ」

「わたしを？」

「うん、もし逃げ帰ってきたら、俺が真っ先に食われて、姉ちゃんを逃がす時間を作ろうと思って」

まっすぐな強い目で言われた。

冗談ではないのだろう。

「どうして？」

「姉ちゃんはブラックバイパーを倒す情報を持ってきたんだろう。それがあれば倒せるかもしれないじゃないか。そうすれば村は助かる。もし、姉ちゃんが死んだら、俺を街に行かせるために犠牲になったドモゴルさんも報われない」

この世界の子供たち、心が強い子が多いんですけど。

わたしはカイの頭を、優しく撫でてあげる。

「姉ちゃん？」

「大丈夫だよ。ブラックバイパーは倒したから」

安心させるように言う。

「えっ」

「村のみんなをここに呼んでもらえる？　証拠を見せるから」

わたしは笑って、

「少し下がって」

カイを後ろに下がらせると、わたしは討伐したことを証明するためにクマボックスから
ブラックバイパーの死骸を出す。

カイの目の前には動かなくなった巨大なブラックバイパーが現れる。

「死んでいる？」

疑うように聞いてくる。

死んでいることを証明するように、パンチしたり、蹴ったりしてみる。ブラックバイパー
は動かない。

「ほんとうに……」

カイは恐る恐る、ブラックバイパーに触れて、死んでいることを確認する。

「みんなを呼んでくる」

カイは村の中に走りだす。

しばらくすると、村人が家から出てきて、遅い歩みでこちらにやってくる。

「本当に倒したのか」

「ブラックバイパーだ」

「死んでいるのか？」

ブラックバイパーを見て泣きだす者もいる。

「クマの嬢ちゃんが倒したのか」

「あ、ありがとう」

「ありがとうございます」

「お姉ちゃんありがとう」

わたしの格好を気にする者もなく、ブラックバイパーを倒したことを純粋に感謝される。

その中からカイの父親がやってくる。

「嬢ちゃん。さっきは悪かった。そして、ありがとう。村は救われた」

わたしの前に来ていきなり頭を下げる。

「気にしなくていいよ。誰だってわたしみたいな娘に倒せるとは思わないもんね」

「何かあったら言ってくれ、俺にできることとならする。嬢ちゃんに救われた命だ」

「なにもお願いすることはないよ。しっかりした息子さんのために生きてあげて」

カイの父親が謝る横に一人の老人がやってくる。

次から次へと今度はどちら様?

「わしは村長のズンです。村を救ってくれてありがとうございます」

頭を下げる。

「でも、もう少し早ければ」

「いや、カイに聞いた。お嬢ちゃんは街に着いたカイの話を聞いて、すぐに駆けつけて

れたことを。日にち的にいっても十分すぎるほど早い。わしの予想では助けがくるのは早くてもあと数日先だった。だから、お嬢ちゃんがすでに亡くなった者のことを考える必要はない」

と言われたら、口を出すことはできない。

村長は後ろに振り向き、村のみんなを見る。

「みんなもろくに食事をしていないだろう。遅いが宴をしよう」

その声に村人は歓喜の返事をする。

泣いている者も悲しんでいる者も喜んでいる者も。

「大したおもてなしはできませんが参加してください」

村長は頭を下げて宴の準備に向かう。

村人はそれぞれの家から食材を持ち寄って村の中央に火を焚き、いろいろな料理を作りだす。

踊り、騒ぎ、食べて、その日は村人は大いに騒いだ。

死んだ者のために。これから生きるために。生き残ったことに感謝して。

わたしがのんびりと村の様子を眺めていると、村の人が代わる代わるに料理を持って感謝しに来る。

子供はわたしの姿が珍しいのか、触りまくる。

それを親たちが止める姿が繰り返される。

宴は遅くまで続き、わたしは村長の家に泊まることになった。

# 41 クマさん、蛇退治を終えて街に帰る

翌日、朝早く目覚める。

天井が違う。

村長の家に泊まったことを思い出す。

体を起こして立ち上がると、隣の部屋から物音がする。

村長はすでに起きているらしい。

「おはようございます」

隣の部屋へ行き村長に挨拶をする。

「もしかして、起こしてしまいましたかな?」

「大丈夫です」

「では簡単ですが、朝食を作りますのでお待ちください」

ボーッとしながら待っていると、朝食が運ばれてくる。

パンと野菜と……目玉焼き?

「どうぞ、口に合えばよいのですが」

「あのう、これは？」

目玉焼きを指す。

「これはコケッコウの卵です。カイの父親が朝イチで森に採りに行ってくれました。ユナさんに食べてほしいと言って」

「その、ありがとうございます」

礼を言って、ナイフでパンに切れ目を入れて野菜と目玉焼きを挟んで食べる。

「おいしい」

「それはよかったです。採りに行ったカイの父親も喜ぶでしょう」

朝食を食べ終わり、卵について聞いてみる。

「この村ではコケッコウの卵が採れるんですか？」

「そうですな。森の中にコケッコウがいますから朝イチで行くと産みたてが採れます」

「コケッコウってどんな鳥なんですか？」

「普通の鳥は木の上に巣を作るのですが、その鳥はあまり高く飛べないので、地面の草むらに巣を作ります。あと鳥ですが逃げ足は速いです」

「にわとり？」

「そんなに卵が気に入ったのでしたら、今朝採ってきた卵がまだあると思いますから、お持ち帰りになりますか？」

「いいの？」

卵をゲット！

「かまいません」

「もちろんです。村の恩人です。わしらに払えるものは何もありませんから、このぐらい

ちょっと嬉しいかも。

朝食を食べ終わった後、帰り支度を始める。

「本当に、帰られるのですか？」

「ギルドにも報告しないといけないからね」

村長の家を出るとカイがやってくる。

「姉ちゃん、帰るのか？」

「この村に向かっているギルマスと冒険者もいるし、報告をしないと迷惑がかかるからね」

帰り際にカイの父親から卵10個ほどを貰う。

鳥を見せてもらったが、どこから見てもニワトリだった。

今回の討伐で、卵が手に入ったのが一番嬉しいかもしれない。

ちょっと遠いけど、また来よう。

村人全員に感謝されて村を出発する。

くまゆるを呼び出し、クリモニアの街に向けて走りだす。

数時間、街に向けて走っていると、前方から馬に乗った人がこちらに向かってくる。

もしかして、ギルマス？

くまゆるの速度を落とす。

「ユナか！」

ギルマスがわたしに気づいて馬を止める。

「こんなところでどうした。もしかして、間に合わなかったのか」

「ブラックバイパーなら倒したよ」

「……はぁ、すまん、もう一度言ってくれ」

「ブラックバイパーなら倒したよ」

もう一度言う。

「冗談だろ」

面倒なのでクマボックスからブラックバイパーを取り出す。

ギルマスの前に巨大なブラックバイパーが現れる。

「本当に一人で倒したのか。でも、体に傷がついていないな」

「体にダメージを与えられなかったから、口の中に火の魔法を撃ち込んで、焼き殺した」

「口の中ってそんな簡単に……」

ギルマスはブラックバイパーの口元を見る。

「確かに。だがよく体内まで撃ち込めたな。普通は口の中で塞がれて奥までいかないんだ

けどな」

炎のミニクマが歩いて体の奥に行きましたとは言えない。

「とりあえず、分かった。村に行っても意味がないなら街に帰るぞ」

わたしを乗せたくまゆるとギルマスを乗せた馬が走りだす。

「すまないが、おまえさんの召喚獣と違って俺の馬はそんなに速くは走れない。合わせて

もらっていいか。話も聞きたいし」

ギルマスに村で起きたことを説明する。

「おまえさん、無茶なことをするな」

無茶ができるのもクマ装備のおかげだけどね。

「休憩を挟みつつ街に戻る。

慌てることはなかったので、馬たちの負担を軽減するために速度を落として帰ってきた。

ギルマスに会った翌日には街に戻ってきた。

そのままギルドに入るとヘレンさんがわたしたちを見つける。

その瞬間、泣きだす。

「ユナさん、ギルマス……。どうしてここに……。もしかして……」

「ヘレン大丈夫だ。ブラックバイパーなら倒した」

ギルマスはヘレンさんを落ち着かせるために状況説明をする。

「本当ですか!?」

涙を拭うヘレンさん。

「ああ、本当だから、落ち着け。それで、なんでそんなに慌てているんだ」

「それが、Cクランクのラッシュさんが怪我をして戻ってきて、他のCクランク以上の冒険者がどうしても捕まらなくて困っていたんです。でも、ブラックバイパーを倒すなんて、流石ギルマスです」

ヘレンさんは尊敬するようにギルマスを見る。

「倒したのは俺じゃない。ユナ一人で倒した」

「えっ……」

ヘレンさんがゆっくりとわたしのほうを見る。そんな大きく開いた目で見ないでよ。恥ずかしい。

「本当にユナさん、一人で?」

「俺も同じ気持ちだ。でも、事実だ」

ギルマスの言葉でも信じられないようだ。

「それでユナ。今日はもう遅い。悪いが明日、もう一度来てくれないか。今回の報告書も書かないといけないし、ブラックバイパーの素材の件もある」

「時間は?」

「早いほうが助かるが、おまえさんも疲れているだろう。時間は任せる」

「了解」

わたしは冒険者ギルドを後にした。

# 42　クマさん、孤児院に行く

早朝、白クマの服のおかげで疲れもなく気持ちよい朝を迎える。

クマボックスから卵を取り出し、目玉焼きを作り、パンに挟んで朝食を食べる。

あとはお米と醤油と味噌があれば日本の朝食ができるが先は長そうだ。

ギルマスに呼ばれているが時間指定はないのでのんびりと朝食をとってから家を出る。

ギルドに着くとすぐに職員によってギルマスの部屋に案内される。

「意外と早かったな」

「昨日はすぐに寝たからね。ギルマスも早いじゃない」

朝早く来たのに、すでに仕事をしている。

「俺は泊まり込みだ。この数日の仕事とブラックバイパーの件でな」

「ブラックバイパーの件って?」

「あれから、おまえさんがブラックバイパーを倒した噂が広まってな。素材の申し込みが多いんだ」

「まだ、売ると決めてないんだけど」

「分かっている。でも、そうも言ってられなくてな。おまえさんも商人や防具屋に纏わり
つかれても困るだろう」

「そんなに人気があるの?」

「そりゃな。皮は丈夫で軽いから防具に使われる。さらに魔法耐性もある。冒険者なら欲
しがる者はたくさんいる。それに肉だって高級食材だ。どの部位も高く売れる。牙もいろ
いろな用途で使われる。最後に魔石だが、大きさによってはBクラスの魔石になる可能性
もある。誰もが素材を欲しがるということだ」

「つまり、売らないといけないってこと?」

「売る、売らないはおまえさんの自由だ。でも、売らないと」

「商人とかに付き纏われるってこと?」

「そうだ。ギルドとしても他に回されるよりはうちに直接売ってほしい」

「売るのは別にいいけど。魔石と素材の一部はわたしも欲しいんだけど」

「魔石と素材はいつ役に立つか分からないから、取っておきたい。それがゲーマーだ。

「ああ、構わない。皮と肉をまわしてもらえれば落ち着く」

「それでどこで解体するの? 倉庫じゃ無理だよね」

ギルマスもブラックバイパーの大きさを思い出して悩んでいる。

「外しかないだろう」

「外?」

「街の外なら邪魔にならないだろう。さっそくで悪いが外でブラックバイパーを出しても

らっていいか?」

「いいけど」

わたしとギルマスは部屋の外に出る。

「ヘレン、解体できる職員を集めろ。最低人数を残して解体作業をするぞ」

ヘレンさんはすぐに走りだし、人を集めてくる。集まった人数は10人ほど。

その中にはゲンツさんをはじめ、フィナまでいる。

「人手が足りないと思って連れてきた」

と、ゲンツさんに説明された。

ぞろぞろとギルドから門に向けて歩いていく、わたしと10名ほどの解体メンバー。

門から少し離れ、出入りの邪魔にならない位置へやってくる。

「この辺でいいだろう」

ギルマスの言葉にクマボックスからブラックバイパーを取り出す。

解体メンバーからため息の声が漏れる。

「でかいな」

「これ本当に、クマの嬢ちゃんが倒したのか」

「それ以前によく、アイテム袋に入るな」

「これ、今日中に終わるのか」

「おまえたち、見ているだけじゃ終わらないぞ。解体したら、部位別に冷蔵倉庫まで運ぶんだぞ。運ぶのは肉優先。皮は最後でいい。高級食材なんだから、腐らすなよ」

解体メンバーは返事をする。

「それでユナ。おまえさんはどうする?」

「どうするって?」

「ここで見ているのか? 帰るのか?」

「帰っていいの?」

「ああ、構わない。解体した素材は一度ギルドに運ぶ。そこで、おまえさんの取り分を決めたらいい」

帰っていいなら帰るけど。

蛇の解体作業なんて見たくないし。

「それなら、帰ろうかな。どのくらいで終わるの?」

「分からん。だから、終わったらギルドの者をおまえさんの家に行かせる」

「なら、フィナでお願い」

「分かった」

このまま家に戻るのもつまらないので屋台を冷やかしてから帰ることにする。

わたしは中央広場に美味しいものを探しにやってきた。

できれば昼食を確保して帰りたいんだけど。

クマボックスに入れれば冷めることはないし。

広場をウロウロしていると端の一角に薄汚れた子供たちがいるのが見えた。

近くのウルフの串焼きを売っている店に行く。

「おお、クマの嬢ちゃん。また来てくれたのか。でも、今日は早いな」

わたしはいつもは昼時にやってくることが多い。

「ねえ、あの子たちは?」

串焼きを一本注文して、薄汚れている子供たちのことを尋ねる。

「ああ、孤児院の子供たちだな。たまにやってくるんだよ」

「何しに?」

買い物に来たようには見えない。

「客の食べ残しを待っているんだよ」

「食べ残し……」

「客が食べ残したものを拾って食べているんだよ。客が捨てたものだから俺たちは文句は言えないけど、いい気分はしないな」

わたしは子供たちを見る。下は5歳ぐらいから、上は12歳ぐらいだろうか?

「おじさん。串焼き、20本ちょうだい」

「やめとけ。今日は食べさせても、明日はどうする。なにもできないならなにもしないほうがいい」

わたしがなにをするか察したおじさんは忠告してくれる。おじさんが言っていることは分かる。これが大人なら無視する。でも、子供なら、見捨てることができない。

「孤児院には街からお金は出ていないの?」

補助金とか、援助金とか、出ていそうなんだけど。

「さあな。流石に俺はそこまで知らねえな。金が出ていないのか、少ないのか。まあ、あれを見れば多くはないんだろうな」

会った感じ、クリフはまともな領主だと思ったけど、やっぱりくそ貴族なのかもしれない。

クリフの評価を下げて、おじさんに串焼きを頼む。

「俺は忠告したからな」

串焼きを20本受け取る。

わたしは串焼きを持って子供たちのところに向かう。

子供たちは串焼きを持っているわたしのことをジッと見ている。

「一人一本食べなさい」

そう言うと、子供たちはお互いの顔を見る。

「食べていいの?」

女の子が小さい声で尋ねてくる。

「熱いからゆっくり食べて」

串を一本渡してあげる。

少女は串を受け取ると食べ始める。

それを見た他の子供たちも串を受け取り食べ始める。

「お姉ちゃん、ありがとう」

嬉しそうにお礼を言う。やっぱり、串一本だけ渡して、離れるわけにはいかないよね。

「孤児院に案内してくれる?」

わたしは少女にそう言った。

少女はわたしの言葉の意味が分からないのか首を傾げる。

「お腹が空いているでしょう。もっと食べたいでしょう。だから、孤児院に案内してくれるかな。わたし、肉を持っているから、みんなで食べよう」

少女は小さく頷く。

「こっち」

少女が歩きだすと他の子供たちも悩んだあげくついてくる。

子供の足ではかなりの距離があっただろう。街の一番端までやってくる。

汚い建物が一軒だけ、離れた位置に建っている。

ここまで酷いのか。

壁は亀裂が入り、穴があいているところもある。

もしかすると屋根にも穴があいているかもしれない。

クリフの評価をさらに下げる。

ゴブリンキングの剣、譲るんじゃなかった。

国王に媚びを売る前にすることがあるだろうに。

剣を売って、そのお金を孤児院までやってくると、家の中から年配の女性が出てくる。

子供たちの案内で孤児院のために使ったほうがよかったかもしれない。

「どちら様でしょうか。わたしはこの孤児院を管理している院長のボウと申します」

「わたしは冒険者のユナです。この子たちを中央広場で見かけて」

「中央広場……。また、行ったの?」

院長先生は子供たちを見る。

「ごめんなさい」

「先生、ごめん」

子供たちは次々と謝る。

「いいのですよ。わたしがあなたたちに食べさせてあげられないのがいけないのですから。

もしかして、この子たちがあなたになにかしましたか?」

「いえ、この子たちが、広場でお腹を空かせているようだったので」

「すみません。その、恥ずかしながら食べるものはあまりなくて」

院長先生は少し言いづらそうに答える。

「街から補助金とかは?」

「去年からだんだん減っていき、3か月ほど前に打ち切られました」

「打ち切られた……」

あの領主……。

「はい、わたしたちに無駄に払えるお金はないと」

「それじゃ、どうやって食事を」

「それは食堂や宿、野菜屋、果物屋などに行って、傷んでお客様に売れないものをいただいてます」

クリフ……。

だんだんと怒りが湧いてくる。

「それでも、量が少ないので、この子たちは中央広場に行って……」

院長先生の声がだんだんと小さくなってくる。

「院長先生。食材を渡しますから、この子たちにお腹いっぱい食べさせてあげて」

孤児院の台所に案内してもらい、クマボックスから解体されたウルフの肉の塊を出す。

肉だけでは栄養が偏るので、買い占めていたパンとオレンの果汁の入った樽も並べる。

「えっと、ユナさん」

「はい、院長先生も手伝ってください。それ以前に、この孤児院には先生は院長先生一人しかいないんですか」

「いえ、あとリズという女の子がいますが、今は食べ物を貰いに行ってます」

つまり、この孤児たちの面倒を2人だけで見ているのか。

わたしはウルフの肉を焼き、パンを用意し、オレンの果汁をセットにしてテーブルに並べていく。

「全員分あるから、慌てないで食べてね」

「皆さん、ユナさんに感謝していただきなさい」

子供たちは院長先生の合図と同時に食べ始める。

皆競争するように食べていく。

その顔には笑みが浮かんでいる。

「ユナさん、ありがとうございます。あの子たちが笑顔になったのは久しぶりです」

「ウルフの肉はまだあるから、足りなかったら、焼いてあげてください」

「ありがとうございます」

しばらく子供たちが食べる様子を見てから、わたしは家の外に向かう。

それに気づいた数人の子供がついてくる。

「クマのお姉ちゃん。どこに行くの?」

「家を直そうと思ってね。この穴あきの家じゃ寒いでしょう」

外に出て、ひび割れ、穴が空いている場所を土魔法で修繕していく。

「すごい、クマのお姉ちゃん」

「他にも穴があったら教えてもらえる?」

住んでいる子供たちのほうが詳しいだろう。

教えてもらった場所は直す。

屋根の上にも登り、雨漏りの位置は分からないので薄い土で屋根全体を塞ぐ。

次に家の中に入り、中の壁も直していると院長先生がやってくる。

「なにをやっているのですか?」

家の修理をしていることを説明する。

院長先生からお礼を言われ、そのまま穴を塞いでいく。

ベッドがたくさんある部屋を見つける。

ここでみんなで寝ているのかな。

一応、男女で分かれているようだが、狭い部屋にベッドがびっしり置かれている。

ベッドには小さなタオルが置いてあるだけ。

これが掛け布団の代わり?

これじゃ、寒いだろう。

確か、この孤児院にいるのは23人だったはず。

ウルフの毛皮を30枚取り出し、院長先生に渡す。

「ユナさん?」

「子供たちに渡してあげて。ベッドにあるタオル一枚じゃ寒いでしょう。院長先生の分と予備もあるから」

各部屋を回り、壁の修復を終える。

食堂に戻ってくると全員が食べ終わっていた。

でも、予備で用意していたウルフの肉が減っていない。

「食べなかったの?」

「はい。ユナさんのお許しが貰えれば、明日に回したいです。子供たちも今日食べるより
も、明日食べたいと言いまして」

「ああ、ごめん。言い忘れた。数日分用意しておくから、食べていいよ」

新たにクマボックスからウルフの肉とパンを取り出す。

「これだけあれば、数日は大丈夫だろう。

「あの。どうして、こんなにしてくれるのですか?」

「大人が食べられないのは働かない大人が悪い。でも、子供が食べられないのは子供のせ
いじゃない。大人のせい。親がいなければ、周りの大人が助けてあげればいい。だから、
わたしは子供のために頑張っている院長先生の味方だよ」

「あ、ありがとうございます」

「あと、ここの領主と少し知り合いだから、補助金を出すように言ってあげるよ。

一言、文句を言わないと気がすまないしね。

「それはやめてください!」

でも、院長先生に止められる。

「どうして？」

「ここの土地も領主様のおかげで借りている状態です。もし、怒りを買って追い出されでもしたら、わたしたちはどこにも行く当てがなくなってしまいます」

「ここの領主ってそこまで酷いの？」

「わたしたちに住む場所を無償で貸してくださってますから、そんなことはありません」

「……」

「でも、補助金もないでしょう」

「住む場所があるだけでも感謝してます」

クリフ最低だな。文句じゃなくて、一発殴りたくなる。

「とりあえず、わたしは帰るね」

「はい、その、ありがとうございました」

「クマのお姉ちゃん帰るの？」

子供たちが集まってくる。

「また、来るから」

子供たちの頭を撫でてあげる。

「ほら、ユナさんも困るでしょう。みんな、お礼を言いなさい」

「クマのお姉ちゃん、ありがとう」

「ありがとう」

子供たちが笑顔でお礼を言う。

元気になってくれてよかった。

# 43　クマさん、孤児院のために行動する

クマハウスに戻り、孤児院のことを考えてみる。

生きることに必要なもの。

衣食住の3つ。

衣、急ぐ必要はない。

食、数日後には必要になる。

住、家は修復したからしばらくは大丈夫。

やっぱり、一番の問題は食料だろう。

屋台のおっちゃんが言っていたように流石(さすが)に毎日食料を持っていくわけにはいかない。

でも、手を差し伸べてしまったのだから引っ込めることはしたくない。

どうしようかと悩んでいると、ドアをノックする音が聞こえ、フィナの呼ぶ声が聞こえてくる。

「フィナ、解体終わったの？」

「うん。それで、ギルドマスターがユナお姉ちゃんを呼んでこいって」

孤児院のことは答えが出ないので、まずはフィナを連れてギルドに向かうことにする。

「おお、来たか」

ギルマス自ら出迎えてくれる。

「それで、ブラックバイパーは?」

「ああ、冷蔵倉庫にしまってある」

冷蔵倉庫に向かい、中に入ると大量の皮と肉、牙が山積みになっていた。

「ギルドはどのくらい欲しいの?」

「多ければそれに越したことはない」

「半分は?」

「もう少し欲しい」

「それじゃ、わたしが3分の1」

「うーん。それなら、いいだろう」

「あと、これが魔石だ。本当ならこれも売ってほしかったんだけどな」

ギルマスの了承を得て、自分の確保する量をクマボックスにしまう。

魔石はいろいろなものを作るのに必要なので最近は売らずに確保している。

ブラックバイパーの魔石が何になるかは未定だけど、売るつもりはない。

「お金のほうはもう少し待ってくれ、量が量だけに少し時間がかかる」

「いつでもいいよ」

ギルドを出る頃には日が沈みかけている。

今日はまっすぐにクマハウスに戻る。

夕食とお風呂をすませて、ベッドの上に寝転ぶ。

ブラックバイパーの素材で孤児院を助けられる方法を考えるが思いつかない。

売ればお金になるがそれだけだ。

ブラックバイパーを倒したのだからレベルが上がっているかもしれないので、ステータ

ス画面を出す。

最近、ウルフやゴブリンなどの低ランク魔物しか倒していなかったので、レベルは上がっ

ていなかったが、ブラックバイパーを倒したおかげでレベルが上がり、新しいスキルを覚

えていた。

　　クマの転移門

　門を設置することによってお互いの門を行き来できるようになる。

　3つ以上の門を設置する場合は行き先をイメージすることによって転移先を決める

ことができる。

　この門はクマの手を使わないと開けることはできない。

おお、便利なスキルがきた。

でも、設置型か。ちょっと不便かな。これが、転移魔法とかで、イメージした場所に転移できたら便利だったけど。

でも、これも十分に便利なので感謝しておく。

すぐに試してみたいので、ベッドから起き上がり、部屋にクマの転移門を設置する。

部屋にクマのレリーフのある両開き門が設置される。意外と大きい。くまゆるとくまきゅうが十分に通れる大きさはある。

次に一階の部屋に向かい、同様にクマの転移門を設置する。

門を開けると、その先は2階の自分の部屋だった。

便利だ。

だけど、設置型だと外に設置する場合、場所を考えないといけない。

使ったら消えるわけじゃないから、下手な場所には設置できない。

土足のこととか、くまゆるたちと移動した場合とか、意外と不便が多い。

瞬間移動だったらそんなことを考えないでいいし、戦闘でも使えたんだけど残念だ。

とりあえず、フィナが来たときのことを考えてクマの転移門は片付けておく。

うーん、クマの転移門って名前が長いな。

略してクマ門ってどうかな?

一瞬、寒気を覚える。

風邪でも引いたかな、名前は今度考えることにして今日は早く寝よう。

本日も朝食に目玉焼きと野菜をパンに挟んで食べる。

パンを齧った瞬間、アイディアの神様が降りてきた。

そうだ。これがあるじゃない。

パンにかぶりつく。

卵だ。

卵を生産して売ることができれば。

朝食を済ませると、商業ギルドに向かう。

商業ギルドに着くと前回来た時よりも人が多い気がする。

いや、確実に多い。人が入り口から溢れ出ている。

これ、中に入れるかな?

わたしが入り口に立っていると。

「クマだ」

「もしかして、あのクマか?」

「ブラックバイパーの」

そんな声が聞こえてくる。そして、わたしが一歩踏み出すと、道ができあがる。まるで、

モーゼの海割りのように商業ギルドの中に道ができる。道ができたので、遠慮なく中に入らせてもらう。そして、前回お世話になったミレーヌさんがいないか探す。

いた。

でも、接客中のようだ。

どうしたもんかと思っていると、接客が終わり、わたしに気づく。

「ユナさん！」

ミレーヌさんはわたしに声をかけてくる。

次の人が並んでいるのにいいのかな？

「どうしたのですか？」

「ちょっとミレーヌさんに相談したいことがあったんだけど」

並んでいる人を見る。

「それじゃ、お聞きしますね」

「いいの？」

「大丈夫です。別の者に代わりますから。それでは、ユナさん、こちらで相談を伺います」

並んでいる人の目が怖いんですけど。

順番を抜かしたのだからしかたないけど、わたしのせいじゃないよ。

ミレーヌさんは別の職員と席を代わり、わたしを別室に連れていく。

「それにしても、混んでいるけど、何かあったの?」

「ユナさん。それ、本気で言ってますか?」

呆れたような目で見てくる。

「…………?」

商業ギルドが混んでいる理由なんてわたしが知る由もない。

「はぁ」

なぜ、ため息をつく?

「本気で言っているみたいですね。皆さん、ユナさんが討伐したブラックバイパーの素材を買い付けに来ているんです。もう、昨日から大変ですよ。数に限りがあるのに、皆、たくさん欲しがりますから」

「そうなの?」

「特にブラックバイパーの皮と牙は人気がありますね。肉も高級食材になりますし、王都に売りに行く商人もいるほどですよ」

「そんなに人気があるんだ」

「はい、おかげさまで。ユナさんのおかげで儲けさせてもらってます」

小さく頭を下げる。

「それで、相談とはなんでしょうか。ユナさんの頼みごととならある程度の無理はお聞きし

冒険者ギルドのギルマスから聞いていたけど、商業ギルドの職員から聞くと、実感がわく。

「ますよ」

それはありがたい。

遠慮なく、お願いをしてみよう。

「孤児院があるでしょう」

「街の端のほうにある孤児院」

「そう。その近くの土地を売ってもらうことはできる？」

「孤児院の近くの土地ですか。少しお調べしますのでお待ちください」

ミレーヌさんは部屋から出ていき、資料を持ってすぐに戻ってくる。

相変わらず、仕事が早いです。

「そうですね。大丈夫です。孤児院もあるせいであの土地を利用する者はいません」

「孤児院があるとダメなの？」

「悪い言い方をすれば、教育ができていない子供たちです。なにかを建てたとしても、悪さをされる恐れもあります。それに街の端にあるせいで、もともと人気のない土地ですから」

確かに、薄汚れた子供たちが近くにいたら、気分を害する者もいるかもしれない。

「それじゃ、その土地をわたしが買ってもいいのね」

「はい。問題はありません」

「それじゃ、その一帯の土地を売ってちょうだい」

「失礼ですが、どうなさるのですか」

「うーん、内緒」

「内緒ですか?」

「できるか分からないからね」

提示された金額を払って、土地の権利書を貰う。

孤児院周辺の土地はわたしのものになった。

一度クマハウスに戻り、倉庫に転移門を設置する。

設置が終わると街の外に行き、くまゆるを呼び出す。

今から行けば今日のうちには着く。

くまゆる、くまきゅうに乗ってブラックバイパーを倒した村に向かう。

2度目だし、少年も乗っていないので、前回よりも早く到着する。

前回、倒したときにクマの転移門に気づいていれば2度手間にならなかったのに。

まあ、今さら言ってもしかたない。

今回は村に入らず、少し離れた山に入る。早くしないと陽が沈んで暗くなってしまう。

「いい場所ないかな」

山に入り数分。崖の下にちょうどいい場所を見つける。

ここでいいかな。ここなら、人もやってこないだろうし。

崖下に下りて、横穴を掘る。

入り口はくまゆるとくまきゅうが入れるほどの大きさにして、奥の穴は大きな空洞を作る。

穴の中は暗いのでクマの光を2つほど作って作業を続ける。

細かい部分は後日やるとして、入り口は土魔法で埋めて、転移門を設置して門をくぐる。

「ただいまっと」

一瞬でクマハウスの倉庫に戻ってくる。

やっぱり便利なスキルだ。

# 44 クマさん、鳥を飼う

翌日朝早く、昨日設置したクマの転移門を使って村に向かう。

村に入るとわたしに気づいた村の人がやってくる。

「ブラックバイパーを倒してくれた……」

「村長さんに会いたいんだけど、大丈夫かな?」

「はい、大丈夫だと思います」

親切に村長の家に案内してくれる。

「これはユナさん。どうしたのですかな?」

村長は笑顔で出迎えてくれる。

「おはようございます。ちょっとお願いがあって……」

「ユナさんのお願いなら、お聞きしますよ」

「コケッコウなんだけど。生きたまま捕まえることってできますか?」

「生きたままですか? 罠を仕掛ければ比較的簡単に捕まえることができると思いますが」

「それじゃ、捕まえるのをお願いできますか？　できれば卵が欲しいから雌鳥をお願いし
たいんですけど」

「村を救ってくれたユナさんの頼みです。それで数はどれほどを」

「多ければ多いほどいいけど、それだと、村の食べる数が減るから、村に影響が出ない程
度に捕まえてくれると」

「分かりました。それではさっそく、村の手が空いている者に捕まえに行かせましょう」

「ありがとう」

これで、コケッコウが手に入れば産みたての卵が手に入る。

「それで、ユナさんはどうなさりますかな？」

「時間はどのくらいかかりそう？」

「そうですな。昼までには数羽は捕まえることができると思いますが」

「それじゃ、昼に戻ってくるよ。ちょっと山で他の用事があるから」

わたしは村長にコケッコウを頼み、転移門がある洞窟まで戻った。

洞窟の中に入り、一度転移門を消す。

洞窟をさらに広げて、土魔法で家を作り出す。

一階建ての小さなこぐまの形をしている。

部屋割りは台所、トイレ、風呂場、自室になっている。

各部屋に光の魔石を設置する。　最後にこぐまの玄関のドアの隣にクマの転移門を設置する。

これで、拠点1号が完成する。

村に戻ると、縄で縛られたコケッコウが20羽ほどいた。

思ったよりも多い。

「こんなにいいの？」

「すぐに雛が生まれて育ちますから大丈夫です。なによりも、この辺は魔物がいないせいで鳥も育ちやすい環境になっていますから、安心して持っていってください」

魔物（餌）がいないから、ブラックバイパーは人里まで来たってことなのかな？

村の人に、くまゆるとくまきゅうに落ちないようにコケッコウを縄で縛り付けてもらう。

クマボックスに生きたまましまえればよかったのだけど、それができないからしかたない。

「ほんとうに今から帰るのですか？」

「早く帰りたいからね」

「そうですか。　おもてなしをしたかったのですが」

「十分だよ」

別れ際、コケッコウの代金を支払おうとしたが、村長は受け取ろうとしなかった。

「いえ、村を救ってくれたユナさんから受け取れません」

そんなわけにはいかないので、無理やり村長にお金を渡し、くまゆるとくまきゅうを走

らせる。そのまま転移門がある洞窟まで来て、

このまま孤児院に向かいたかったが、街の中でくまゆるとくまきゅうを走らせるわけに

はいかない。そんなことをすれば大騒ぎになる。

なので、夜になるまで待つことにする。

コケッコウはくまゆるとくまきゅうに縛り付けたままだけど、死なないよね？

外は暗くなり、深夜にクマが動きだす。

暗闇の中をクマが走る。

誰もいない道を走り抜けるクマ。

え、転移門使えばいいって？

街の中をクマで走りたかっただけだよ。

孤児院の側を通り抜け、商業ギルドで買った土地に到着する。

くまゆるから降りて、土地を確認する。

この辺でいいかな。

土魔法で鳥小屋を作る。

さらに鳥小屋の周りに高さ3mほどの高さの壁を囲むように作る。

これぐらいの高さがあれば逃げないよね。

くまゆるとくまきゅうを連れて鳥小屋に入り、コケッコウを縛っている縄を解く。

縄から解放されたコケッコウは小屋の中を動き回る。

生きていることを確認できてホッとする。

翌朝、朝食をすませると孤児院に向かう。

孤児院に向かうと、鳥小屋の壁の前に子供たちが集まっている。

「クマのお姉ちゃん!?」

子供たちがわたしに気づきやってくる。

「クマのお姉ちゃん。朝、起きたら、いきなり壁ができてたの」

手振りで一生懸命に説明をしてくれようとする。そんな子供の頭に手を置く。

「わたしが作ったからね」

「お姉ちゃんが?」

孤児院の子供たちがわたしを見る。

「とりあえず、院長先生とみんなに話があるから孤児院に行こう」

子供たちを連れて孤児院に向かい、院長先生に会うことにする。

孤児院に着くと、院長先生と20歳前後の女性がいる。

この人が院長先生が言っていた、孤児院で働いているリズって人かな。

「これはユナさん。先日はありがとうございました。こちらが、先日話したリズです」

「リズです。食料をありがとうございました」

リズさんは頭を下げる。

「それで、今日はどのような用件で」

「子供たちに仕事を与えたいんだけどいいかな。もちろんお給金は払うよ」

「子供たちに仕事ですか?」

院長先生が少し不安そうな表情をする。

「心配しなくても危険な仕事とかじゃないから」

「どんな仕事なんでしょうか?」

「外にある壁は見ました?」

「はい。朝起きたら壁ができていて子供たちが騒いでいましたから」

「壁は昨日の夜にわたしが作ったんだけど。その壁の中で子供たちには鳥の世話をお願い
したい」

「鳥の世話?」

「えーと、一晩で壁を作った?」

院長先生とリズさん、それぞれが違う理由で驚く。

わたしは壁は魔法で作ったことを話し、仕事内容を説明する。

早朝、卵の確保、小屋の掃除、コケッコウのお世話をしてもらう。そして、コケッコウ
は食肉用じゃないことを注意しておく。

「つまり、卵を売って商売をするってことでしょうか?」

「この街だと卵の価値が高いみたいだからね」

「本当にそれだけでお金をいただけるのでしょうか?」

院長先生は信じられないように、わたしを見る。

「他にもお願いしたいことがあるけど、今はそれだけ。どうかな?」

院長先生は子供たちのほうを見る。

「あなたたちどうしますか。ユナさんが仕事を与えてくれるそうです。働けばごはんが食べられるようになります。働かなければ、数日前の状態になります。ちなみにユナさんが食料を持ってきてくれることはもうありません」

院長先生は子供たちに問いかける。

子供たちはわたしと院長先生の言葉を聞いて、お互いの顔を見る。

そして、子供たちは頷く。

「やります」

「やらせてください」

「わたしもやる」

「俺も」

「ぼくも」

子供たちが元気よく返事をする。

「全員やるってことでいい?」

全員、返事をする。

「ユナさん。この子たちのことをお願いします」

頭を深く下げる院長先生。

「はい、それとリズさんをお借りしてもよろしいでしょうか?」

「わたし?」

「はい、この子たちのまとめ役をお願いしたいので」

「そういうことでしたら、構いませんよ。リズ、しっかりユナさんの指示を聞くのですよ」

「はい、院長先生」

ドアを開けて壁の中に入り、鳥小屋に入る。そのあとを子供たちが付いてくる。

鳥小屋に入るとコケッコウが寝ている。

「あなたたちの仕事は、

その1、外が晴れているとき、朝イチで鳥たちを外に出すこと。

その2、鳥小屋にある卵を確保すること。

その3、鳥小屋を掃除すること。

その4、鳥に水、餌をあげること。

その5、最後に鳥たちを鳥小屋に戻すこと。

できる?」

子供たちに尋ねる。

子供たちは迷うことなく返事をする。

「それじゃ、鳥を出してあげて。鳥が産んでくれた卵は、あなたたちの食べ物を買うお金

に換わるのだから、やさしくね」

子供たちは返事をする。

「卵はこの容器に入れて」

土魔法で卵用ケースを作る。

卵の形をした穴が10個あるケースだ。

予備も含めて100個ほど作っておく。

子供たちは卵を持ってくる。

穴が10個埋まる。

ちょうど一パック分。

20羽なら上出来かな。

「リズさん、野菜くずってありますか」

「はい。ありますけど」

「それを鳥たちに食べさせてあげてもいい?」

「それは」

野菜くずでもリズさんが頭を下げて貰ってきた食べ物だ。

それを鳥に食べさせるには戸惑いがあるのだろう。

「まだ、信じてとは言えないけど。リズさんが貰ってきてくれた野菜は鳥たちの栄養にな
り、卵を産んで、その卵を売って、子供たちが美味しいものを食べられるようになります」

わたしの言葉にリズさんはコケッコウを見ながら少し考える。

そして、小さく頷く。

「……分かりました」

わたしを信じてくれたのか分からないけど、リズさんは了承してくれた。

「それじゃ、リズさん。あとのことは任せていいですか?」

「どこか行くのですか?」

「せっかく、卵が産まれたんだから、売りに行かないとね」

卵を持って、ある場所に向かう。

# 45　クマさん、商業ランクFになる

ある場所とは商業ギルド。

商業ギルドは昨日と同様にたくさんの人で混み合っている。

これが全てわたしのせいだとは思いたくない。

人ごみの中に入ろうと入り口に向かおうとしたら、ティルミナさんがいることに気づいた。

ティルミナさんと目が合う。

「ユナちゃん?」

「ティルミナさん、こんにちは。どうしたんですか。こんなところで」

「わたしは商業ギルドで、仕事がないか探しに来たんだけど」

「仕事?」

「ええ、本当は冒険者に復帰しようと思ったんだけど、家族に止められてね。それなら、読み書きも計算もできるから、そっち方面で仕事がないか、商業ギルドに探しにきたのよ」

「読み書き……」

　計算……。

「ティルミナさん、わたしのところで働きませんか?」

「ユナちゃんのところで?」

「ちょっと、新しい商売を始めるんだけど。ティルミナさんに手伝ってもらえると助かる
と思って」

　卵の管理や商業ギルドとの仲介人が欲しかった。

「ここで、説明するのはちょっと……」

「ちなみに仕事ってなに?」

「ここで、説明するのはちょっと……」

　周りには商人がたくさんいる。

　卵の情報はまだ知られたくないため、場所を変えることにする。

　面倒だけど、一度クマハウスまで戻る。

「それで商売って?」

　クマハウスの中に入り、ティルミナさんに飲み物を出して、仕事内容を説明する。

　孤児院でコケッコウを飼っていること。

　卵を産ませていること。

　商業ギルドで販売をしたいこと。

「管理ってことは、コケッコウの管理ってこと?　わたし、鳥なんて育てたことないわよ」

「鳥の管理は孤児院の子供たちにやってもらうよ。ティルミナさんには商業ギルドへの販

売をお願いしようと思って」

「販売?」

「これから商業ギルドに行って、卵の販売契約をしてこようと思っているんだけど。ティルミナさんには経理、会計っていうのかな。卵の数の確認、価格の確認、取引書の虚偽不正がないか、などの確認をお願いしたいんです」

口に出しただけでも面倒だ。ティルミナさんが引き受けてくれなかったら、しばらくは自分がやらないといけなくなる。

あとでリズさんにお願いしようとも考えていたけど、子供の世話もある。そう考えると、ティルミナさんが手伝ってくれると助かる。

「話は分かったけど。これ、かなりの大事(おおごと)じゃない。わたしでいいの?」

「わたしこの街に知り合いはほとんどいないし、ティルミナさんなら少なからず、どんな人か知ってますから」

理由を説明するとティルミナさんは嬉しそうに微笑(ほほえ)む。

「うん、分かった。その仕事引き受けるわ。ユナちゃんにはわたしも娘もお世話になっているしね。それに仕事はしようと思っていたし、わたしも感謝よ」

これで、事務担当をゲット!

わたしの仕事が着々と減っていく。

ティルミナさんとの話が終わったので、卵の取引をするために再度商業ギルドに向かう。

いまだに人で溢れている。

わたしが先日同様、商業ギルドの入り口に立つと、「くまだ」「クマ」「熊が来た」と声が聞こえてくる。

人ごみなのに、忽然と通路ができあがる。

「ユナちゃん、凄いわね」

ティルミナさんがそんな状況を見て呆れ顔になっている。ティルミナさんはブラックバイパーの件は知らないのかな?

わたしはギルドの中に入り、受付のほうを見る。数人の受付がいる。

先日お世話になったミレーヌさんを探すが、いないようだ。

今日はお休みかな?

できれば顔見知りがよかったんだけど。しかたなく、受付に並ぼうとしたら、後ろから声をかけられた。

「あら、ユナさん。今日はどうしたのですか? それとその方は?」

振り向くとミレーヌさんがいる。

「どうして、後ろから」

「休憩だったので外に行っていたんです。それで、ユナさんはギルドにどういったご用件で?」

「ちょっと、あるものを売りたくて、ミレーヌさんに相談があるんだけど」

「あるものですか?」

ミレーヌさんの目がキラリンと光る。

怖いんですけど。

「なら、別室でお話を聞きますね」

わたしはミレーヌさんに掴まれて連行されていく。

その後ろをティルミナさんがついてくる。

「それで相談とは」

小さな個室。大きめの机があり、その周りに椅子が並んでいる。

わたしたちはミレーヌさんの対面側に座り、クマボックスから卵を取り出す。

「これはコケッコウの卵ですか」

「この卵を定期的に売りたいんだけど。売れる?」

「定期的にですか? それはどの程度ですか?」

「しばらくは、一日10個から20個、将来的にはもっと増やしていくつもりだよ」

「増やすって、どう増やすんですか?」

「コケッコウを飼うことにしたから」

「飼うって……もしかして、孤児院周辺の土地ですか?」

先日の件を思い出したようだ。

わたしは孤児院の子供たちに手伝ってもらって、鳥を育てることを説明する。

「それで、この卵を定期的に売ることは可能?」

「そうですね。価格次第ですけど可能?」

「価格はミレーヌさんにお任せします」

専門のことは専門家に任せるのが一番。そもそも、卵の価値が分からない。

「でも、よろしいのですか?」

「なにが?」

「卵の数が増えれば必然的に価格が下がります。だから、無理に数を増やす必要はないのでは?」

「理由はいくつかあるけど。卵を普通の人にも食べてほしいから。あと、卵を作っているのが孤児院だと、いずれはバレると思う。そのときに、価値がある少量の卵よりも、価値が低い大量にある卵のほうが盗まれにくい。そうなれば孤児院の子供たちも安全でしょう」

それにこの世界では卵の価値が高いためか卵料理が少なすぎる。

「それに、安くなれば卵料理も増えるでしょう」

わたしのそのような説明に、ミレーヌさん、ティルミナさんは驚いている。

金儲けを考えないで商売する者は少数派らしい。

どこの世界でも、商人は金儲けを第一に考える人種だからね。

それから、ティルミナさんを含めて3人で話し合い、契約書を作成する。

卵は毎日孤児院の近くにある鳥小屋まで取りに来てもらう。

卵の販売価格はギルドに任せる。高くして売れなくなったら困るからね。

餌の野菜くずはギルドが手配をする。これで、リズさんの負担がなくなる。

卵の引き渡しは基本ティルミナさんが行う。

そして、最後の一文に "あること" が書き込まれることになる。

卵の入手方法および、生産している人物は秘密にすること。

「以上で契約書はいいでしょうか?」

「うん、大丈夫だよ」

「それではユナさん、商業ギルドに登録を致しますのでギルドカードをいいですか?」

「登録?」

「はい、商業ギルドに登録していただかないと、売買はできませんよ」

そんなの子供でも知ってますよ。って顔をするのはやめてください。

「登録するのはわたしだけでいい?」

「いえ、ティルミナさんもお願いします。卵の取引をするとき、ギルドカードの確認が必要になりますので」

「ちなみに、ギルドカードって冒険者ギルドで作ったカードでいいの?」

「はい、ギルドカードは基本皆同じものです。カードの内容に付け加えるだけですから冒険者ギルドで作ったもので大丈夫です」

わたしとティルミナさんはミレーヌさんにギルドカードを渡す。受け取ったミレーヌさんは部屋の隅にある水晶板のところに移動する。そして、ギルドカードを水晶板に載せて操作をする。

登録は数分で終わり、ギルドカードを返してくれる。

「それでは商業ギルドとカードの説明をしますね」

カードの確認をする。

名前：ユナ

年齢：15歳

職業：クマ

冒険者ランク：D

商業ランク：F

相変わらず、職業はクマのままである。

新しく、商業ランクが追加されている。

「商業ランクとは冒険者ランクと同様に、商人としてのレベルを示しています。ランクが

高いほど信用度が高くなります。ですので、新しい街で商売をするときはランクが高いといろいろと優遇されることが多いです」

「優遇?」

「その街の立地条件がよい土地を貸してもらえるとか、必要な人物を紹介されたり、物資が優遇されます。その人が凄い商人でしたら、街に恩恵をもたらしてくれますから」

なるほどね。

ランクが高ければ信用も高くなる。それは冒険者でも同じことだ。

「ちなみにどうやったらランクが上がるの?」

「商業ギルドへの貢献度になります。簡単にいえばどれだけ税金を納めたかになります」

なんとも分かりやすいことだ。

「あと、どの街でもそうですが、商売をするときは商業ギルドの許可が義務付けられています。許可なく売買をした場合は罰せられますのでお気をつけください」

ようは勝手に商売をするなってことだよね。

でも、今のところ店を出す予定はない。

「あと、冒険者ギルド同様、お金を預けることができます。お預かりしたお金は冒険者ギルド、商業ギルドともに共通になりますのでお気をつけください。預かったお金は商業ギルド、冒険者ギルドどちらでも下ろすことは可能です」

冒険者ギルドでも説明を受けたが、わたしは使っていない。

クマボックスがあるのもそうだが、神様が換金してくれたお金が大量にある。

100億円が101億円になっても変わらない。

「それで卵の売上金はどういたしましょうか。現金でお渡ししますか。それともユナさん、ティルミナさんどちらかのカードに振り込んでおきますか」

「ティルミナさんのカードにお願いします」

わたしは迷うことなく答える。

「ちょっと待って」

でも、ティルミナさんがちょっと待ったコールをしてくる。

「それって売り上げの全部?」

「そうだけど。ティルミナさんや子供たちのお給金の支払いもあるし、必要経費もあるだろうし。そのたびにわたしが用意するの面倒だからね」

「信用してもらえるのは嬉しいけど、大金になるかもしれないお金を持つのは嫌よ」

「それでは、指定金額を決めてはどうでしょうか。必要な金額だけをティルミナさんのカードに、それ以外のお金をユナさんに入れるのです」

「そんなことができるの?」

「はい、商人の方で仕入れ担当とお給金を管理をする者が違う場合、よくしていることです」

子供たちとティルミナさんのお給金の金額、必要経費概算を決めて、残りをわたしのカー

ドに入れることにする。

今後の予定も決まったので商業ギルドを出る。

必要があれば、また来ればいいことだ。

今日、持ってきた卵は試食品としてミレーヌさんに無料で渡しておいた。

お得意様に食べてもらうためだ。

まずは固定客を確保するために、損して得取れだ。

商業ギルドを出たわたしたちは、ティルミナさんの紹介を含め、今後のことを話し合うため孤児院に向かう。

基本的に院長先生にはいつも通りに孤児院の管理をお願いした。

子供たちが働いたお給金は院長先生に渡し、衣食住の手配を頼む。

リズさんには子供たちの世話を頼む。

もちろん、リズさんにもお給金は払う。

ティルミナさんには卵とお金の管理。商業ギルドとの顔つなぎをお願いする。

わたし？

何もしないよ。

鳥小屋も作った。柵代わりの壁も作った。鳥も捕まえた。商業ギルドと契約もした。

わたしの役目はないよ。

あるとすれば定期的に鳥を捕まえて数を増やすことぐらいだ。

あれからわたしは、卵の数を増やすためカイの村近くの山に行っては鳥を捕まえている。

村の近くだと迷惑がかかるので、少し村から離れたところまで獲りに行っている。

さらに卵から雛も生まれ、コケッコウの数も順調に増えている。

卵の販売も軌道に乗ってきている。

そんなある日、領主のクリフが家にやってきた。

「いらっしゃい、クリフ様。なにかご用ですか」

一応、領主様だから丁寧に出迎える。

「ユナ、おまえに聞きたいことがある」

「なんでしょうか?」

「どうして、我がフォシュローゼ家に卵を売らない」

クリフは真剣な表情で尋ねてくる。

# 46 クリフ、卵の謎を追う

本日の午前の仕事を終えて一休みをする。

書類を確認してサインをするだけだが、量が多くて面倒だ。

休んでいると執事のロンドが執務室に入ってくる。

「休憩のところ申し訳ありません」

「なんだ、緊急の用件か?」

「いえ、緊急ではないのですが、お耳に入れたほうがよろしいかと思いまして」

ロンドが言うなら、本当に大したことではないんだろう。でも、気になることがあるらしい。

「最近、コケッコウの卵が街に大量に流れ始めたのですが、少しおかしいのです」

「どう、おかしいのだ」

「はい。まず、どこから流通しているのかが分かりません。次にフォシュローゼ家の名前を出すと卵を売ってくれなくなります」

「はぁ? なんだそれは」

「いつも食材を仕入れている者に聞いても言葉を濁すばかりで、時間がかかってもよい
とお願いしてもよい返事はありません。それで他の店に行けば手に入るのですが、
フォシュローゼ家に届けてほしいと頼むと、卵がなくなった、予約でしばらくは無理です
と断られる始末です」

「どういうことだ」

確かに、大したことではないが、気になる話だ。

「フォシュローゼ家に卵を売りたくないことぐらいしか分かりません。商業ギルドに尋ね
ても、そんなことは知りません、としか返事がありません」

「別に卵ぐらい食べられなくても構わないが、気分的によいものではない。

「急ぎの仕事は午後はなかったな。商業ギルドに行ってみるか」

休憩を早々に切り上げて商業ギルドに向かう。

会う約束もしていなかったがギルドマスターにはすぐに会うことができた。

「これはクリフ様。商業ギルドまで、どうしたのですか？」

商業ギルドのギルドマスターのミレーヌが胡散臭い笑顔を向けてくる。

「今日は仕事の話じゃない。個人的に聞きたいことがあって来た」

「個人的なこと？」

「コケッコウの卵の件だ」

「コケッコウの卵ですか」

ミレーヌは表情一つ変えずに聞き返してくる。

「そうだ。なんでもフォシュローゼ家に卵を売らないようにしているみたいだな」

「そんなことはしてませんよ」

この女は優秀だが、俺に対しても平気で嘘をつく。

「嘘をつくな。情報は上がってきている」

「コケッコウの卵は人気がありますから、売り切れたり、予約で埋まっているから買えなかったのでは？」

「それで俺が納得すると思うのか？」

「卵を売っている人間に同様のことを言われたよ」

「なら、そうなんですよ」

「卵ぐらい、食べられなくてもいいのでは？」

「俺は誰とも分からない人間にそんなことをされているのがムカつくんだよ。娘にも卵を食べさせてやりたいしな」

「それじゃ、娘さんの分はお持ち帰りになりますか？」

「俺の分はないのか」

「ないですね」

ミレーヌはにっこりと笑顔を向けてくれる。

ムカつく女だ。

俺に反抗できる数少ない人間だ。

でも、娘には売るが俺には売らないと言う。

フォシュローゼ家というよりは……つまり、俺が原因なのか？

「理由はなんだ。どうして俺に売らない？」

「約束ですから。クリフ様に卵を売らないことは」

「それは領主である俺との関係を壊してまで守ることなのか？」

「そうですね。でも、今回の件でクリフ様が悪くなければ、わたしもあなたの味方だったかもしれませんが。でも、今回はあの子の味方です。わたし、あの子のことが好きだから」

「俺が悪い？　それにあの子？　誰のことを言っているのだ。

「あなたのせいで苦しんだ子がたくさんいる。それを救ったのがあの子」

「苦しんだ子？　いったい誰のことを言っているんだ。誰かを苦しませた記憶などない。

「クリフ様が立派な領主なのはわたしも認めます。でも、今回はあの子が正しいと思うから、あの子の味方をするつもり」

「おまえさんがそんなに肩入れするとは珍しいな」

「だって、面白い子なんですもの。今までにたくさんの人間を見てきたけど、実力、行動、考え方、こんなに見抜けない子初めてですよ」

「おまえさんがそこまで言う人物、卵の件は別にして会ってみたくなるぞ」

「会わせるつもりはないわよ」

「せめて、俺がなにをしたか教えてくれないか?」

「ダメ。それを話せばその子との繋がりが分かるから」

「それじゃ、前回の貸しを返してもらおうか」

「貸し?」

「国王陛下の献上品を用意できなかっただろう」

本来は商業ギルドで手配してもらうはずだった。それができなかった。

「それを今言います?」

「それが商業ギルドの役目だろ」

「そういえば、国王陛下への献上品は決まったのですか?」

「ああ、冒険者からゴブリンキングの剣を譲ってもらった」

「ゴブリンキングの剣?」

「ああ、クマの格好をした冒険者がゴブリンキングを倒したときに手に入れたらしいんだよ」

「クマってもしかしてユナちゃん?」

ユナの名前が出たら、初めてミレーヌの反応が変わった。

「ユナを知っているのか」

「ゴブリンを100匹倒した新人。ウルフの乱獲、タイガーウルフの討伐、最近ではブラッ

クバイパーを討伐した、クマの格好をした可愛い女の子」

「やけに詳しいな」

「それは期待の新人ですから。商業ギルドでも目をつけてますよ。でも、ゴブリンの群れを討伐したときに、ゴブリンキングの剣を手に入れていたのね。商業ギルドに売ってくれたらよかったのに」

「そんなわけで、国王陛下への献上品は手に入れた。その国王陛下への献上品を用意できなかった貸しを返してもらおうか」

「汚いですね。でも、クリフ様もユナちゃんと知り合いだったのですね」

「まあな。俺もあの娘を気に入っている。あんなに面白い冒険者は初めてだ」

「でも、そんな冒険者のユナちゃんに嫌われたのですね」

「……なんだと」

「卵をギルドに提供しているのはユナちゃんですよ。そして、卵をフォシュローゼ家、正確にはクリフ様に売らないことを条件にギルドは取引をしています」

「ユナだと」

あのクマの嬢ちゃんが俺を嫌っている。

そう思った瞬間、気分が悪くなった。

初めて会ったとき、面白い少女だと思った。

召喚獣のクマにも乗せてもらった。

ゴブリンキングの剣も譲ってもらった。

噂のクマハウスも見に行った。

ブラックバイパーを倒し、村を救った話を聞いた。

性格的にも好感が持てる。

そんなユナに俺が嫌われているだと?

先日、ゴブリンキングの剣を譲ってもらったときには、そんなそぶりはなかった。

「理由を聞いてもいいか?」

「それは本人に聞いてください」

これ以上聞いても答えてくれないだろう。

この女はそういう人間だ。

「分かった。ユナに会ってくる」

商業ギルドから出てユナに会うためにクマハウスに向かう。

目の前にクマの形をした家がある。

この街で有名になりつつある建物。

俺はクマハウスの前に立ち、ユナを呼ぶ。

「いらっしゃい、クリフ様。なにかご用ですか」

「ユナ、おまえに聞きたいことがある」

「なんでしょうか?」

「どうして、我がフォシュローゼ家に卵を売らない」

単刀直入に尋ねる。

「なんのこと?」

「ミレーヌから俺が無理やり聞いた。だから、あいつのことを怒るなよ」

「別に怒ってないよ。ギルドに迷惑がかかるようだったら、わたしのことを話してもいい

ことになっているし」

「それで、どうして、俺に卵を売らないように指示をした」

「その卵を作っているのが孤児院だからだよ」

「…………?」

「だから、ちょっとした逆恨みで卵を売らないことにしただけ」

「どうして、孤児院が作っていると俺に卵を売らないことになる」

「本気で言っているの?　孤児院の補助金を徐々に減らしていき、最後は打ち切る。確か

に孤児院は街のために貢献はしていない。だからといって未来ある子供たちを死に追い込

むようなことをしていいとは思わない。子供たちだって、好きで親がいないわけじゃない。

それを必要ないからといって切り捨てるのは好きじゃない」

ユナが何を言っているのか分からない。

考える時間を与えず、ユナは言葉を続ける。

「子供たちはお腹を空かせて、人の食べ残しを漁るありさま。孤児院の先生たちは店や宿に頭を下げて、食べ物のくずを貰う生活。寝る家は、隙間風が吹いている。ベッドにかける暖かい布団はない。服は毎日同じもの。そんな子供たちが頑張って面倒をみた鳥から産まれた卵を、どうしてあなたに食べさせないといけないの？」

「…………」

「別に卵ぐらい食べなくても生きていけるでしょう。領主様なら」

ユナが何を言っているか分からなかった。

孤児院の補助金を打ち切った？

子供たちが拾い食いをしている？

食べ物のくずを貰う生活？

穴があいた家？

着る服がない？

暖かい布団もない？

「それを聞いたわたしからのささやかな報復。もっとも、孤児院の院長先生は住む場所だけでも与えてもらっているからと、感謝していたけどね」

つまり、ユナは俺が孤児院の補助金を打ち切り、孤児院の子供たちが食うにも困っている姿を見て怒っていると。

それで、ユナは孤児院の子供にコケッコウの世話という仕事を与え、卵を産ませて商業

ギルドに売っているってことか。

その報復として、ささやかなからだが俺に卵を売らなかったと。

ミレーヌがユナの味方をする理由は分かった。

だが、俺は孤児院の補助金は打ち切っていない。

なぜ、そうなっている。

「ユナ、信じてもらえないかもしれないが、俺は孤児院の補助金を打ち切っていない。俺はこれから戻って確認をする。分かりしだい、また来る」

俺は急いで自分の家に戻る。

どうして、孤児院の補助金が支払われていない。

執務室に戻り、執事のロンドを呼ぶ。

「お戻りですか、クリフ様」

「ロンド！　至急、孤児院の補助金がどうなっているか調べてくれ」

「孤児院の補助金ですか」

「そうだ。この俺を血も涙もない領主にした人物を捜せ！」

「分かりました」

ロンドは頭を下げると執務室から出ていく。

午後はいらついて仕事にならなかった。

その夜、ロンドが部屋にやってくる。

「クリフ様、よろしいでしょうか」

「なにか、分かったか！」

「はい、孤児院の補助金を管理していたのは、エンズ・ローランド様です」

「エンズだと」

そうか、あいつが担当だったか。

俺は領主の立場なのにそんなことも知らなかったのかと自分を殴りたい。

「エンズ様は孤児院への補助金を着服しているようです」

「着服だと！」

基本、それぞれの人間に仕事を与え、それを確認するのが俺の仕事だ。

孤児院の補助金も申請があれば、サインをして補助金を出している。

毎月のことだから、何も考えずにサインをしていた。

ユナに怒られてもしかたない。

「まだ、詳しくは調べられておりませんが、エンズ様が関わっている仕事は架空のお金だけが動き、ほとんどのお金を着服しているようです。さらに借金もあるようで」

「着服しているのになんで借金があるんだ」

「女遊びが酷いようです。さらに奥方も宝石や好きなものを買い漁り、息子も父親に似て

同様に女遊びに浪費しているようです」

「ふざけるな!」

街の金だぞ。

「バカにしやがって! ロンド! 今すぐに兵を集めて、エンズの家に向かえ! 絶対に

逃がすなよ! だが、殺すな! 必ず俺の前に家族全員連れてこい!」

「はい、分かりました」

ロンドは部屋を出ていく。

それから一時間後、俺の前に、ブクブク太ったエンズとその家族がいた。

家族3人揃ってクズだ。吐き気がしてくる。

「これはクリフ様、兵まで寄越して、こんな夜遅くにどのようなご用件ですか」

「俺は、今すぐに貴様ら一族を殺したい。だから、しっかり、答えろよ」

「…………」

「貴様は孤児院への補助金を着服したか!」

「いいえ、そんなことはしておりません」

「孤児院は貰っていないと言っているぞ!」

「でも、孤児院の人間が言っているのでしょう。汚い人間のクズですね」

「それは孤児院の人間が言っているのでしょう。貰っていないと言えば、もっと多く貰え

ると思っているのでしょう。汚い人間のクズですね」

貴様のほうがクズだろうが！

殴りたい衝動を我慢して質問を続ける。

「貴様に任せてある仕事のほとんどが手つかずで、成果が出ていないようだが」

「後日やりますよ。少し、遅れているだけです」

平然と答える。

「借金もあるそうだな」

「微々たるものです。すぐに返済できますので、クリフ様が気になさることではありません」

本当のことを話すつもりはないらしい。

「なら、貴様の家を調べてもなにも問題はないな」

「それは……」

やっと、表情を変える。

「もうすでに貴様の家は調べさせている」

「そんなことをしてただですむと思っているのか。王都にいる兄に言うぞ」

「ここは俺の街だ。証拠が集まり次第、貴様を処刑してやる。この3人を牢屋に入れてお

け！」

兵士に向かって命令をする。

「まて、王都にいる兄に連絡をさせろ！」

「こいつの口を塞げ。吐き気がする」

兵士は3人の口を布で塞ぎ、部屋から連れていく。

しばらくすると、ローランド家を調べていたロンドが戻ってきた。

「なにか分かったか」

「はい、着服の証拠も全て見つかりました」

ロンドの顔色が悪い。

「どうした」

「エンズ様の行いがあまりにも酷かったので」

「そんなにか」

「着服、横領、暴行、殺人、違法取引、数え切れません」

「殺人だと!?」

「はい、地下牢にたくさんの遺体がありました。それがどれも酷く、あれが人間のやることとは」

ロンドから聞いた話は余りにも酷かった。

地方から働きに来た若い女を使用人として雇い、死ぬまで乱暴し、死ねば地下に捨てるということをしていたらしい。

地方から来たばかりの人間なら行方不明になっても誰も気づかない。

地方から街に彼女たちを捜しに来た家族、恋人がいれば屋敷に呼び、監禁して殺す。

そんなことを繰り返していたらしい。

奥方は金で宝石を買い漁る。金がなければ借金をする。

エンズは奥方の借金を返すために着服、横領をする。

息子は息子で街で暴れ、訴えを金と権力で潰してきた。

店では金を払わないのは当たり前。逆らえば暴れて店を潰してきた。

どうして、こんなことが起きているのに俺のところまで情報が上がってこなかった？

分かりきった理由だ。エンズが握り潰したのだろう。

分家とはいえ王都には力を持った兄がいるせいだろう。

でも、この街は俺の街だ。

好きなようにはさせない。

「処刑しろ」

もう、我慢ができなかった。

「よろしいのですか。王都にいるエンズ様のお兄様が」

「構わん。家に賊が侵入して、殺されたことにしろ」

ローランド家を処刑。

違法証拠の確保。

財産の没収。

地下牢にいた生き残りの救出。

帰る場所があるものは治療後、帰らせる準備を行う。

全てを終えて、改めてユナのところに向かう。

「すまなかった」

頭を下げて、この孤児院の補助金が打ち切られた原因を話した。

本来ならこんなことを一般人に話すことはない。

でも、この少女には話さないといけない気がした。

「俺の部下が着服していた。それに俺が気づかなかった。すぐに孤児院の補助金は再開さ
せるようにした」

「いらないよ」

「…………」

「もう、みんな一生懸命に働いている。だから、補助金はいらない」

「だが、それでは」

俺の気がすまない。

「そんなお金があるなら、有効に使ったら?」

「有効に?」

「2度とそんなバカが出ないように監視する部署を作るとか」

「監視?」

「クリフ様が指示した通りにお金が使われているか確認する仕事。孤児院担当なら数か月に一度、孤児院に向かい、確認をする。必要経費とされたことがちゃんと使われているか。購入するものがあったら、それは適正な金額なのか。そんなことを調べる人がいれば簡単に横領や着服なんてできないでしょう。もっとも、その監視する人間が犯罪者になったら意味がないけどね」

「それじゃ、どうするんだ」

「そんなの決まっているじゃない。自分が信用している人間じゃなくて、自分のために命をかけてまで信用してくれる人に頼むのよ。そんな人、一人くらいいないの?」

「……いや、いる」

ロンドがいる。

「そう、よかったね」

ユナはそれだけ言ったきり口を開こうとしない。

「それじゃ、本当に孤児院はいいんだな」

「いいよ」

「今回は助かった。子供たちが死なずにすんだ。この礼はいずれする」

俺はユナと別れると、家に戻る。

仕事は山積みだ。

ロンドには執事の合間に俺の右腕として働いてもらおう。

# 47 クマさん、プリンを作る

でっきるかな♪ でっきるかな♪

卵がたくさん手に入るようになったのでプリンを作ることにした。

成功していれば冷えた美味しいプリンができているはずだ。

冷蔵庫を開けると、冷気が顔を撫でていく。

中には美味しそうなプリンが並んでいる。

一つ手に取り、テーブルまで持っていく。

片手にスプーンを持ち味見をする。

「美味しい」

プリンは成功した。

パクパクと食べる。スプーンが止まらない。お代わりをするために冷蔵庫に向かう。

久しぶりにプリンを2つほど食べて満足していると家に訪ねてきた者がいる。

「ユナお姉ちゃん、来たよ」

フィナとシュリの2人がやってきた。

「椅子に座って待ってて」

家に上がってもらい、椅子に座らせる。

「それで、美味しいものってなに?」

2人にはプリンの味見係として来てもらった。

「卵を使ったお菓子だよ」

2人の前に冷えたプリンを出す。

2人はスプーンを持ち、プリンを一口食べる。

「美味しい……」

フィナが感想を呟いている間に隣のシュリはプリンを何度も口に運んでいる。

「シュリ、ゆっくり食べなさい」

「でも、美味しいから」

2人の顔には笑顔が浮かんでいる。

「2人が満足してくれてよかった」

「ユナお姉ちゃん、凄く美味しいよ。卵からこんなに美味しいものが作れるんだね」

「でも、まだ試作だからね。食べてみて思ったことがあったら教えて。甘すぎるとか甘くないとか」

「どこも変なところなんてないよ。甘くて美味しい」

「うん、美味しい」

シュリは名残惜しそうにスプーンを舐めている。

しかたなく、冷蔵庫からもう2つプリンを出し、2人の前に出す。

「最後だからね」

テーブルに置いてあげると2人のスプーンが動きだす。

わたしは再度、冷蔵庫に向かい、冷蔵庫に入っている残りのプリンを全てクマボックスにしまう。

食べ終わった2人と別れて、次の味見係を求めて孤児院に向かう。

孤児院の近くにある鳥小屋に着くと、子供たちが一生懸命に鳥の世話をしている。

子供たちに声をかけて孤児院に向かう。

「これはユナさん、いらっしゃい」

院長先生が数人の女の子と一緒に昼食の準備をしている。

「タイミングが悪かったかな」

「いいえ、大丈夫ですよ。たいしたものはありませんが、お昼を食べていかれませんか?」

せっかくの誘いだから、御相伴に与ることにする。

広めの部屋で子供たちが椅子に座って、全員分の食事が並ぶのを礼儀正しく待っている。

全員分揃うと、

「クマお姉ちゃんに感謝を。いただきます」

言い終わると、子供たちは食事を始める。

「まだ、それやっているの」

「はい、このように食事ができるのもユナさんのおかげです。その感謝の気持ちを忘れてはいけません」

この食事の挨拶（あいさつ）は、

『ユナお姉ちゃんに感謝を、いただきます』

だったんだけど、流石（さすが）に名前を言われると恥ずかしいからやめるようにお願いした。

でも、子供たちはやめようとしなかった。

「ユナお姉ちゃんに感謝をしているから」

「お腹（なか）いっぱい食べられるのはユナお姉ちゃんのおかげだから」

「美味（おい）しいものが食べられるのはユナお姉ちゃんのおかげだから」

「綺麗（きれい）な服が着られるのはユナお姉ちゃんのおかげだから」

「暖かい家に住めるのはユナお姉ちゃんのおかげだから」

「暖かいベッドで寝られるのはユナお姉ちゃんのおかげだから」

「……はユナお姉ちゃんのおかげだから」

と感謝の言葉を口にする。

でも、食事をするたびにわたしの名前を出されるのは恥ずかしかったので、妥協点でクマお姉ちゃんになった。

それでも十分に恥ずかしいんだけど。

孤児院の昼食はパンと野菜が入ったスープだけだけど、子供たちは嬉しそうに食べている。その姿を見るとこちらまで嬉しくなるから不思議だ。

自分がこんなに面倒見がいいとは思わなかった。日本にいた頃なら、しなかっただろう。

実際にお金はあったけど寄付などはしたこともない。

食べている子供たちを見ていると食べ終わる子たちが出てくる。

その様子を見て、クマボックスからプリンを取り出す。

「これなに?」

女の子が聞いてくる。

「みんなが面倒をみている鳥の卵から作ったお菓子だよ。美味しいよ」

子供たちの前にプリンを置いていく。

もちろん、院長先生とリズさんの分もある。

「なに、これ。美味しい」

「凄く、旨い」

「1人一個しかないから、味わって食べてね」

子供たちには好評のようだ。

「ユナさん、これ美味しいです」

リズさんがプリンを褒めてくれる。

「これも、リズさんと子供たちが一生懸命に鳥の世話をしてくれたおかげですよ。このプリンには卵を使ってますから」

「そうなんですか?」

「売るだけじゃ、勿体ないですから」

「卵って凄いですね。お金にもなるし、こんな美味しいお菓子にもなるんですね」

「もう少し、鳥の数が増えて卵が増えるといいですけどね」

「そうすれば、数を気にせずにいろいろなものが作れるようになる。

「はい、頑張ります」

「もし、増えすぎて世話が大変だったら言ってね。いろいろ考えるから」

「はい。でも、大丈夫です。子供たちも一生懸命にプリンの器は空っぽになっている。

リズさんと話しているうちに子供たちのプリンの器は空っぽになっている。

最後に子供たちにプリンの感想を聞いて孤児院をあとにする。

# 48　クマさん、プリンを届ける

孤児院を出たあと、フォシュローゼ家の館の前に来た。

クリフはどうでもいいけど、娘のノアにプリンをご馳走するためだ。

門の前に立っている警備の兵にノアに会いたい旨を伝える。

わたしのことを知っている門兵は待つように言う。

しばらくすると、玄関からノア本人が駆け足でやってくる。

「ユナさん」

ボフッ。

ノアが胸にダイブしてくる。

でも、クマの服が衝撃を吸収してくれるので痛くない。

もし、着ていなかったら、間違いなくダメージを受けていた。

「久しぶり、ノア」

「はい、お久しぶりです。それで、わたしに何か御用ですか？　用がなくてもわたしは大歓迎ですよ」

「お菓子を作ったから、ノアに試食してもらおうと思ってね」

「お菓子ですか。楽しみです」

手を引っ張られて、ノアの部屋に連れていかれる。

「それで、どんな食べ物なんですか？」

「コケッコウの卵を使ったお菓子だよ」

クマボックスからプリンを出す。

もちろんスプーンも忘れない。

ノアはスプーンを持ち、プリンを一口食べる。

「美味しいです」

「口に合ってよかった」

「こんな美味しいもの、初めて食べました」

「大げさだよ」

貴族の令嬢なら、たくさん美味しいものを食べていると思う。

でも、一生懸命に作ったから、お世辞でも嬉しいものだ。

「そんなことありません。こんなとろけるような、冷たく、甘く、優しい味は初めてです」

「まあ、女、子供が好きな味だからね」

「ノアはお世辞とかではなく、本当に美味しそうに食べてくれる。

「もう、食べ終わってしまいました」

カップの中はすでに空っぽだった。

ジッと物欲しそうにわたしを見てくる。

「あと一個だけね」

「ありがとうございます」

新しいプリンを渡したとき、ドアがノックされる。

「ノア入るぞ。ユナが来ていると聞いたんだが」

ノアの父親、この街の領主のクリフが部屋に入ってくる。

「お邪魔してるよ」

先日の件で少し気まずいが、クリフも謝り、クリフが孤児院の補助金を打ち切ったわけじゃなかったので、わたしとしてもあの件は気にしないことにしている。

「構わない。それで2人は何をしているんだ?」

「ユナさんが作った、ぷ、り、んっていうお菓子をいただいてます」

「ぷりん?」

ノアは新しく貰ったプリンを一口食べる。

その顔は子供らしい笑顔になっている。

それだけでもここに来たかいがあった。

「そんなに美味しいのか」

娘の満面の顔を見て尋ねる。

「はい、凄く美味しいです」

「ノア、すまないが私にも一口くれないか」

「嫌です」

ノアはハッキリと断る。

「ノア」

「ダメです。これはわたしがユナさんから貰ったものです」

「ユナ」

クリフが物欲しそうにわたしのほうを見る。

大人がそんな顔をするな。

「はぁ、分かりましたよ。食べたら、感想をお願いしますね。まだ試作だから、味の調整

はしていないから」

「これで、試作なんですか。どのお菓子よりも美味しいですよ」

「試作っていっても、あとは甘さの調整ぐらいだから」

クリフにプリンを渡してあげる。

受け取ったクリフはプリンを一口食べる。

「なんだ。これ、うまいな」

クリフの顔が変わる。

クリフとノアのスプーンを動かす手が止まらない。

「ユナさん。ご馳走様でした。とても美味しかったです」

ノアとクリフのカップは空になる。

「それで食べてみて、何か改良してほしいところある？」

「いえ、このお菓子に欠点があるとは思えないですが」

「もう少し、甘いほうがいいとか、甘くないほうがいいとかでもいいよ」

「俺はもう少し、甘くないほうがいいな。初めの一口は美味しいけど。だんだん、甘さが

しつこくなってくる」

「そうですか。わたしはとっても美味しかったですけど」

「まあ、大人と子供、男と女では味覚は違うからね。参考にさせてもらうよ」

「店でも開くのか？」

「今のところ、そんなつもりはないけど。孤児院の子供たちに鳥の世話だけじゃなく、料

理をしたい、お菓子を作りたいって子がいたら、その子の将来の道の手助けになればと思っ

てね」

「そこまで考えているのか？」

「もし店があれば、わたしが食べたいとき、わざわざ作らなくてすむと思っただけだよ」

「子供を導くか。俺よりもユナのほうが立派な大人だな」

クリフは感心したように見る。

わたしは恥ずかしさを誤魔化すように、2人から空になったカップを返してもらい、ク

マボックスにしまう。

「そういえば、お父様、ユナさんに何か用事があったのでは？」

ノアが思い出したように尋ねる。

確かに、わたしがノアの部屋にいるのを確認しに来ていた。

「ああ、ユナに頼みがあってな。ノアを王都まで護衛してくれないか」

「王都？」

「ああ、国王陛下の誕生40周年の式典に参加しないといけないんだが、誰かさんのおかげで仕事が山積みになっていてな。そのおかげで、王都に行くのはギリギリになりそうなんだ。そうなると王都までの道のりが強行軍になる可能性がある。娘にそんなことをさせたくない」

「誰かさんのおかげって……、それはわたしのせいじゃないでしょう」

「感謝しているが、事実だ」

濡れ衣もいいところだ。

孤児院の件は領主であるクリフの落ち度だ。決して、わたしのせいではない。わたしのおかげで悪事が発覚したのだから、感謝されるべきだろう。

でも、王都か。一度は行ってみたかったから、引き受けてもいいんだけど。

「他に護衛はいるの？　移動方法は？」

他に護衛がいたら、面倒だから断りたいし。

馬車の移動はさらに面倒だ。

「ブラックバイパーを倒せるおまえさんだ。一人で十分だろう。移動はおまえさんの召喚

獣のクマがいるだろう」

「クマさんに乗れるんですか！」

黙って聞いていたノアが嬉しそうに声を出す。

「おまえさんのクマは馬よりも速いって聞いている。それなら、危険なことがあれば逃げ

ることもできるだろう」

護衛はわたしだけ、移動もくまゆるとくまきゅうを使っていい。王都も行ってみたいと

思っていたから断る理由はない。

「それで、いつ出発したらいいの？」

「早ければ明日でも構わない。ノアも早く母親に会いたいだろうからな」

そういえば、この家で母親を見たことがない。

話にも出てこないから亡くなったものだと思っていたが違ったらしい。

「お母さん、王都にいるの？」

「はい、お母様は王都で仕事をしています」

まだ、子供なのに母親とは離れ離れで暮らしているのか。

嬉しそうにしているノアに聞いてみる。

「お母さん、王都にいるの？」

「それじゃ、明日出発しようか？」

「いいのですか？」

「ノアもお母さんに早く会いたいでしょう？」

ノアの護衛を引き受け、王都に行くことになった。

「それじゃ、ユナ。少し待っててくれ、王都に持っていってほしいものがある」

クリフは一度部屋を出ると、すぐに戻ってくる。

「これをエレローラ、ノアの母親に渡してくれ」

2通の手紙と豪華な大きな箱を預かる。

「これは？」

大きな箱を指す。

「おまえさんから譲ってもらったゴブリンキングの剣が入っている。もしものことを考え

て、エレローラに渡してほしい。詳しいことはこの手紙に書いておいたから、渡せば分か

る。そして、こっちの手紙は冒険者ギルドに渡してくれ、指名依頼扱いにしたからギルド

で依頼として受けてくれ」

クマボックスに手紙とゴブリンキングの剣が入った箱をしまう。

「ユナさん、明日はよろしくお願いします」

「うん、よろしくね」

わたしは明日の準備をするため、領主の館を出る。

# 49　クマさん、王都に行くことを伝える

まず、街を離れることをミレーヌさんに伝えるために商業ギルドに向かう。

昼過ぎのためか、商業ギルドは人が少ない。

受付に行くとミレーヌさんが暇そうにしている。

「ユナさん。どうかしましたか?」

「しばらく王都に行くことになったからその報告に。だから、卵のことはティルミナさんにお願いね」

といっても、卵のことはもうほとんどティルミナさんに任せている。

たまに値段のことで相談に乗るぐらいだ。

「王都に行くんですか?」

「ちょっと護衛の仕事でね」

「そうなんですか。それじゃ、王都に行ったらお土産を楽しみにしてますね」

「いいけど、欲しいものあるの?」

「ユナさんにお任せします」

お土産、食事、なんでもいいよが一番困った返答だ。無理難題を頼まれるよりはいいけど。

「お土産じゃないけど。ミレーヌさんにこれをあげる」

クマボックスからプリンを取り出す。

「これはなんですか?」

「プリンっていう食べ物。コケッコウの卵から作ったんだけど。冷蔵庫に入れて、休憩時間にでも食べて。王都から帰ってきたら感想を聞かせてね」

「ありがとうございます。後で食べさせてもらいます。それじゃ、これをお返しにお渡ししますね」

「これは?」

ミレーヌさんは紙に何かを書き、封書に入れ渡してくれる。

「わたしの紹介状です。王都の商業ギルドに渡してもらえれば、融通を利かせてもらえると思いますよ。だから、商業ギルドで困ったことがあったら渡してみてください」

商業ギルドに行く予定はあるので、ありがたく紹介状を受け取っておく。

「プリンは忘れずに冷やして食べてね」

プリンの食べ方を注意して商業ギルドを出る。

あと、行く場所はフィナの家、冒険者ギルド、孤児院の3つ。

道順だとまず冒険者ギルドになる。

冒険者ギルドに到着すると、中はそれほど混み合っていない。

中に入り、受付のヘレンさんのところに行く。

「あっ、ユナさん」

「これをお願いしたいのだけど」

クリフから預かった手紙をヘレンさんに渡す。

ヘレンさんは受け取った手紙に目を通す。

「これは、クリフ・フォシュローゼ様の指名依頼ですね。王都までの護衛ですか。受付処

理をしますので、ギルドカードをよろしいですか」

ギルドカードを渡す。

「それじゃ、しばらくユナさんは街からいなくなるんですね」

「どのくらいか分からないけどね」

「ユナ。おまえさん、どこか行くのか」

どこから現れたのかギルマスが声をかけてきた。

「ユナさんはクリフ様の依頼で王都まで行くそうです」

「あいつの依頼か。ああ、国王の誕生祭か」

「一人で納得するギルマス。そして、わたしのことをじっくりと見る。

「ユナ、ちょっと待ってろ」

ギルマスは奥の部屋に行ってしまう。なんだろうと思って待っていると、戻ってくる。

「これを持っていけ」

また、手紙を渡される。

「なにこれ?」

「おまえさんが王都の冒険者ギルドで暴れないようにするためだ」

「どういう意味よ」

「おまえ、ここに初めて来たときのことを忘れているのか。どうせ、その格好で王都に行くんだろう」

この街では徐々にクマの格好が受け入れられている。

もう、ギルドに来ても絡んでくる者もいない。街を歩いても奇妙な目で見られることも減った。逆に子供たちが寄ってくることが多くなった。ゆるキャラのマスコットになりつつある。

「この手紙を渡せば冒険者ギルドが多少は面倒を見てくれるはずだ」

それはありがたい。

いちいち、殴り倒すのも面倒だからね。

手紙のお礼を言って冒険者ギルドを出る。

次に向かう先はフィナの家。ゲンツさんはいなかったが、女性3人はいた。

「あら、ユナちゃんいらっしゃい。どうしたのこんな時間に」

「ユナお姉ちゃん、来たの!?」

2階からフィナが下りてくる。

その後ろからシュリもついてくる。

「明日から、しばらく王都に行くことになったから、それを伝えに来たんだよ」

「ユナお姉ちゃん、王都に行くの?」

「護衛の仕事でね。それで、ティルミナさん。大丈夫だと思うけど孤児院のことはお願いしますね」

「了解。まあ、トラブルになることはないから、ユナちゃんは王都をゆっくり観光でもしてきなさい。初めてなんでしょう」

「いいな、王都」

わたしの話を聞いていたフィナが小さく呟く。

「フィナは行ったことないの?」

「ないです」

少し前まで父親はいなかったし、ティルミナさんは病気だったから王都には行けないよね。

「なら、一緒に行く?」

「え、いいの?」

「まあ、護衛対象と2人旅だし、一人ぐらい増えても問題はないよ」

「ユナちゃんいいの? 仕事なんでしょう」

確かに、わたしの一存で決められない。

「なら、明日、護衛対象者に聞いてみるよ。それで許可が出たら一緒に行く。ダメなら留守番になるけど、いい?」

「お母さん」

フィナは確認するようにティルミナさんを見る。

「いってらっしゃい」

その言葉にフィナは満面の笑みを浮かべる。

「お姉ちゃんいいな」

今度はシュリが姉のことを羨ましそうに見る。

「シュリはダメよ。お母さんと留守番」

「ううぅぅ」

「お母さんと2人は嫌?」

シュリは首を左右に振る。

「いやじゃない」

ティルミナさんはシュリを抱きしめる。

「ゲンツさんは?」と思ったが口にはしない。

「それじゃ明日の朝、迎えに来るから。準備はいらないけど、持っていくものがあったら用意しておいて、わたしのアイテム袋に入れるから」

　最後に孤児院に行き、院長先生や子供たちにしばらく来られないことを伝え、ウルフの肉を置いていく。

# 50　フィナ、クマさんに感謝する

この前お父さんが暗い顔をして帰ってきました。

どうしたのでしょうか。

聞いた話によると、ブラックバイパーが出て、近くの村が襲われたそうです。

それでギルドは大騒ぎのようです。

解体や買い取りの仕事をしているお父さんは帰ってこられたそうですが、他の職員は交

代もできずにまだ残っているそうです。

ブラックバイパーは大きい蛇だそうです。

わたしは見たことはありません。

その魔物を倒すには最低でもCランクの冒険者のパーティーが必要らしいです。

それをユナお姉ちゃんと、ギルドマスターの2人だけで倒しに行ったそうです。

お父さんは心配そうにしています。

倒せるわけがない、と呟いてました。

数日後、ユナお姉ちゃんとギルドマスターが元気に帰ってきました。

それも、ブラックバイパーを討伐したそうです。

お父さんは帰ってくると、嬉しそうに話してくれました。

それで明日、ブラックバイパーの解体があるから、わたしもお手伝いに呼ばれました。

ギルドにお父さんと一緒に朝早く行きます。

でも、まだユナお姉ちゃんは来てないそうです。

なんでも、討伐の疲れを取るために来る時間は未定とのことです。

それまでは久しぶりにギルドのお手伝いをしようと思いました。

ですが、ユナお姉ちゃんは元気よく朝早くギルドにやってきました。

本当に凶暴といわれたブラックバイパーと戦ったのでしょうか?

ユナお姉ちゃんを見ていると、ブラックバイパーの強さがいまいち分からなくなります。

ブラックバイパーの解体をするため街の外に行くことになりました。

ブラックバイパーは大きいためギルドの冷蔵倉庫では解体作業はできないそうです。

そんなに大きいのですか。

解体する場所は街の外に移動します。

ユナお姉ちゃんのクマさんの口から出てきたブラックバイパーはとても大きかったです。

これを一人で倒したのですか。信じられません。

お父さんやギルドの皆さんの指示で解体作業を始めます。

わたしはお父さんとペアを組みます。

まず、お父さんが皮を剥ぎ取ります。

その剥ぎ取った場所からわたしが肉をブロック状に切り分けて、アイテム袋に入れていきます。

これ、今日一日で終わるのでしょうか。

とにかく、頑張ります。

数時間後、やっと終わりました。

今日中に終わってよかったです。

運ぶのは他の人に任せて、わたしはギルドマスターに頼まれたことををします。

家に帰ったユナお姉ちゃんの家に行き、解体が終わったことを伝えます。

わたしはユナお姉ちゃんをギルドに連れてくることです。

これで本日の仕事が終了です。

疲れました。

今日は早く寝ることにします。

最近は楽しいことばかりです。

お母さんの病気も治り、お父さんは食事のとき、笑わせようとする。

そして、お母さんは「つまらないわよ」と言いながらも笑っている。

笑いが溢れる食卓は何年ぶりでしょう。

妹のシュリは初めてかもしれない。

そんなある日、お母さんがとんでもないことを言い出しました。

「わたし、冒険者になって働こうかしら」

わたしたちは止めました。

特にお父さんが許しませんでした。

「おまえは、子供たちを残して死ぬつもりか！　そんなに俺の稼ぎが信用できないのか！」

お母さんがブラックバイパーと戦うところを想像しただけで怖くなります。

でも、ユナお姉ちゃんが戦うところを想像すると平気な顔で倒す姿が想像できます。ど

うしてでしょうか。

戦うところを見たのは初めて会ったときだけなのに。

シュリもお母さんに抱きついて、首を横に一生懸命に振ってます。

結局、妥協案として商業ギルドで仕事を斡旋してもらうことになりました。

……なのに、なぜ、ユナお姉ちゃんのところで働くことになったのでしょうか。

仕事は鳥の卵の商売だそうです。

ユナお姉ちゃんはなにをやっているのでしょうか？

冒険者を辞めて商人になるつもりでしょうか？

そんなある日、ユナお姉ちゃんに「明日、シュリと家に来てね」と言われました。

なんでも、食べ物の試食だそうです。

少し不安ですが、楽しみです。

翌朝、朝食をとったわたしはシュリと一緒にクマハウスに行くと、ユナお姉ちゃんは「ぷりん」というお菓子を出してくれました。

黄色い色をしてます。卵を使ったお菓子だそうです。

そんな高級食材の食べ物を食べてもいいのでしょうか？

ですが、ユナお姉ちゃんが作ってくれたものです。

ありがたくいただきます。

スプーンですくって、一口食べます。なんですか、この美味しい食べ物は。

柔らかく、甘く、こんな食べ物、食べたことも聞いたこともありません。

あっという間に食べ終わってしまいました。

シュリのカップも空っぽになっています。

姉妹揃って残念そうにしているとユナお姉ちゃんが笑みを浮かべながらもう一つずつ出してくれました。

今度はゆっくり食べます。

うん、美味しいです。

ユナお姉ちゃんは冒険者で強くて凄いのに、こんな食べ物まで作れるなんて凄いです。

　幸せすぎて怖いです。

　その日の午後、家でシュリに文字を教えていると、ユナお姉ちゃんがやってきました。

　なにか用事があるのでしょうか。

　話を聞くと、なんでも護衛で王都に行くことになったそうなので、孤児院のことをお母さんに頼みに来たそうです。

「いいな、王都」

　そんなことを言ったら、連れていってもらえることになりました。

　いいのでしょうか？

　でも、それは明日、依頼者の確認をとってからになりました。

　行けるか分かりませんが、明日は楽しみです。

## 番外編① 新人冒険者　1

今日も暇つぶしのため、冒険者ギルドに向かう。

相変わらずのクマさんの着ぐるみの格好で冒険者ギルドの中に入るが、バカにする声は聞こえてこない。

わたしはそのまま、依頼書が貼ってあるボードに向かう。

ブラックバイパーを倒したのが原因かもしれない。

なにか、面白い依頼ないかな〜。

なんならブラックバイパーをもう一回でもいいけど。

倒し方は分かったし、今度はもっと楽に倒せるはず。

そんなことを考えながら、ランクDやランクCの依頼ボードを見るが、流石にそんな依頼はない。

そもそも、ブラックバイパーはランクいくつの依頼になるのかな？

ランクB以上なら、見ているボードにないのは当たり前だけど。

ランクBならあるかもしれないと思って、チラッと依頼ボードを見るがなにも貼ってな

い。

目新しい魔物の依頼も、面白そうな依頼もない。

う～ん、今日はどうしようかなと思って、前を見ずに歩いていると。

「きゃっ」

なにかにぶつかってしまう。

前を見るとわたしと同じぐらいの年の女の子が尻餅をついていた。

同い年ぐらいだよ。わたしより、身長は高いけど。なのに相手が尻餅をつくってどうい

うこと?

まあ、クマさん装備のおかげってことは分かるけど。

「ごめん。大丈夫?」

クマさんパペットを倒れている女の子に差し出す。

女の子はわたしを見たあと、周りをキョロキョロと見回す。

「クマさん?」

そして、少し悩んで、少女は恐る恐るわたしのパペットを握る。

女の子は立ち上がると礼を言う。

「あ、ありがとうございます」

「怪我とかしていない?」

「はい、大丈夫です」

その言葉を聞いて、わたしが立ち去ろうとした瞬間、女の子に駆け寄ってくる少年がいる。

「ホルン！　大丈夫か！」

「うん、大丈夫だよ。ちょっと、クマさんにぶつかっただけだから」

少年が改めてわたしを見る。

「クマ⁉」

気づくのおそ！

「ごめんね。ちょっと考え事していたから」

「いえ、大丈夫です。わたしもみんなを探して余所見をしてましたから」

ホルンと呼ばれた少女は頭を下げる。

「なら、お互い様ってことで」

「はい」

ホルンは笑顔で返事をする。

少年はわたしのほうを見ている。

「なに？」

言いたいことは分かるが、ジッと見ているので聞いてみる。

少年はこのとき、自分の生死が次の一言にかかっている

とナレーションを入れてみる。

冗談はさておき少年が口を開く。

「あんたが、噂のクマか？」

まあ、この街でクマといえばわたしのことだろう。

「そうだと思うけど」

他にいたら見てみたい。と思ったけど、クマみたいなオジサンとかが脳裏に浮かぶ。

少年はわたしのことを見ると口を開く。

「くそ、俺たちのことを、からかいやがったのか！」

少年は舌打ちをして怒りだす。

「ああ、ごめんなさい。実はこの街にはクマの格好した、怖い冒険者がいるから、近寄っちゃだめって、脅かされていて」

「しかも、そのクマは一人でタイガーウルフやゴブリンキング、ブラックバイパーを倒したって言って、驚かせやがったんだよ」

うん、タイガーウルフもゴブリンキングもブラックバイパーも倒したから事実だね。

「それが、噂のクマって、あんたかよ」

少年はわたしの頭をポンポンと叩く。

怒っていいのかな？

周りを見ると、冒険者たちが、目を大きく開き、口をパクパクして、こっちを見ている。

えっ、なにかすると思っている？

するけど。

そう思った瞬間、駆け寄ってくる者がいる。

「ホルン、シン、なにやっているんだ」

「ほんとだよ。2人とも探したよ」

少年2人がやってきた。

一言で表すなら、活発そうな少年と理屈っぽそうな少年だ。

「ホルンが、このクマにぶつかってな」

指をさすな。人に指をさしちゃダメだよ。教わらなかったの？

「クマ？　もしかして、噂の？」

「ああ、あれか、こないだ受付で聞いた……」

「先輩たちに聞いた……」

「でも、怖いクマって聞いたけど」

「笑っちゃうよな。クマの格好をした女っていうから、てっきり、大女だと思ったぜ」

また、ポンポンとわたしの頭を叩く少年。

そろそろ、怒ってもいいよね。

わたしの怒りを感じ取ったのか、周りの冒険者たちは消えていく。

ギルド職員は逃げ出すこともできずに困った顔をしている。

わたしが少年の手を摑もうとした瞬間。

「ユナさん！　待ってください！」

ヘレンさんが声をかけてくる。

「冒険者ギルドは冒険者同士の争いには中立で口を挟まないんじゃなかったの?」

「ユナさんが、トラブルに巻き込まれないようにするのは冒険者ギルドの仕事になってます」

確か、そんな約束したっけ。

それなら、もう少し早く助けてほしかったんだけど。

「あのう、どうしたんですか?」

女の子は受付のヘレンさんがなにを言っているか理解していないようだ。

本当なら、恐怖のバンジージャンプを体験させてあげたのに。

「あなたたち、先日の話を聞いてなかったのですか?」

ヘレンさんは少年たちに注意をする。

「話って、クマのことか?」

「そうです。クマの格好をした冒険者の女の子がいるけど、バカにしたり、興味本位で近寄ってはいけないと」

「そのクマって、これのことなんですか?」

わたしの頭をポンポンと叩く。

「やめなさい。あなたたち、死にたくなかったら、すぐに謝って、仕事に行きなさい」

ヘレンさんが少年の手を掴み、ドアの外を指差す。

「行くよ。みんな、行こうぜ」

「うん。クマさん、ごめんね」

少年少女たちはギルドから出ていく。

「ユナさん、ごめんなさい。一応、説明はしておいたんだけど。分かっていないみたいで」

「う〜ん、どんな説明をしたのか疑問だけど。着ぐるみを着たわたしを見れば騙されたと思うのかな?」

「ちなみに説明って?」

「クマの格好をした冒険者の女の子がいるけど、決して興味本位で近寄らないようにと伝えました」

「それだけ?」

「いえ、ユナさんの強さを知ってもらうために、どんな魔物を討伐したのか説明もしてあります。ゴブリンの100匹討伐、ゴブリンキングの討伐、タイガーウルフの討伐、ブラックバイパーの討伐をした冒険者。だから、バカにしたり、からかうような真似はしないようにと。手を出した、D、Eランクの成れの果てまで説明はしてありますよ」

成れの果てって。

それって、クマ注意ってことで危険勧告ってこと?

「そんなことまで話しているの?」

「これは、ちゃんとしたギルドマスターの指示ですよ。ユナさんが余計なトラブルに遭わ

ないようにするため新人冒険者には説明することになっています。それでも、信じないようでしたら、先輩冒険者たちにお願いすることもあります」

ギルド内にいる冒険者を少年たちに話したのかな。気になるところだ。

どんなことを少年たちに話すると、一斉に目を逸らす。

そんなことがギルド内で行われていたなんて知らなかった。

でも、人を見境なしに襲いかかるクマみたいに言わないでほしい。

売られた喧嘩は買うけど。

「あの子たちにもちゃんと説明をしたんですけどね」

ため息をつくヘレンさん。

まあ、散々危険だから近寄らないように言われて、目の前に現れたのが着ぐるみを着た

わたしみたいな女の子じゃね。

騙されたと思われてもしかたないかな。

だからといって、人の頭をポンポン叩くのは許される行為ではない。

「でも、あの子たち大丈夫かしら」

「心配ごと?」

「少しね。あの子たち、新人なんですけど。依頼を受けたのがウルフの討伐なんです。だから、ちょっと心配でね」

「ランクは?」

「先日入ったばかりだから、ランクはまだFです。一応、ウルフは倒せるみたいですけど」

「なら、大丈夫じゃない？」

「そうなんですけど、今回は少し離れた場所に向かったので、少し心配なんです」

「でも、ウルフなんでしょう」

「はい、村の近くにウルフが多数現れたみたいで、村から依頼がありました。それで、追加報酬が少しだけですが出ますので、選んでいきました」

心配するのは分かるけど、過去にウルフを倒しているなら、大丈夫なんじゃない。

ゲームでもそうだったけど、いかに複数の相手をしないで戦うが、効率的に倒すコツだ。

「それで、ユナさんは依頼を見にいらしたのですか？」

「うん、そのつもりだったけど、面白い依頼がなかったから帰るよ」

「面白い依頼って……。普通、そんな理由で受けたりしませんよ」

ヘレンさんに呆れ顔で見られる。

翌日。今日も暇である。

一日や2日では依頼内容も大きな変化はない。

今日は天気もいいし、くまゆるとくまきゅうと散歩でもしようかな。

「ってわけで、フィナ！　散歩に行こう」

「ユナお姉ちゃん、いきなりなんなの？」

解体の仕事に来たフィナにかけた第一声だ。

「暇だから、くまゆるとくまきゅうと散歩に行こうと思うんだけど。フィナに付き合って
ほしいなと思って」

「でも、仕事が」

「今日はお休み！」

「そんな〜」

「ウルフのお肉は持っていっていいから」

フィナとの取引はそれで完了する。

「それで、ユナお姉ちゃん。どこに行くの？」

「前に行ったことがある村まで行こうと思うんだけど。その前にお土産を買っていこう」

街の外に出る前にフィナを連れて買い出しに向かう。

行く場所は、猪に襲われていた村だ。

そろそろ、マリさんの赤ちゃんが生まれているはずだ。

出産祝いに何か買っていこう。

「おじちゃん、その果物全部ちょうだい」

箱に入ったオレンを全て買う。

「クマの嬢ちゃんか。全部買うのか？」

「全部がまずいなら、買ってもいい数をちょうだい」

「別にいいが、こんなにどうするんだ?」

「ちょっとお土産にね」

交渉が成立したので、箱に入ったオレンをクマボックスにしまう。

それから、店を数軒回り、村で手に入らなそうなものを購入して街の外に出る。

## 番外編② 新人冒険者 2

くまゆるに乗ったわたしと、くまきゅうに乗ったフィナはクリモニアを出発して、高原を走っている。

いい天気だし、散歩日和だね。

もし、見ている人がいたら散歩の意味を辞書で調べろって言われそうだけど。

しばらく走ると見覚えのある森までやってくる。

地図のスキルを使えば迷うこともない。

森の近くから、くまゆるとくまきゅうを走らせること数分、村が見えてくる。

わたしが作った壁も健在だね。

わたしが村に近付くと、以前と同様村の入り口を見張っているボーグさんがいる。

「ユナ様!?」

うん、今、なんか言わなかった?

きっと、聞き間違いだよね。

「久しぶり! マリさんの赤ちゃんは生まれた?」

「はい、元気な男の子が生まれました」

無事に生まれたようでよかった。

「それで、お聞きしたいのですが？」

なんか、さっきから言葉使いが変なんだけど。

「そちらの白いクマとお嬢さんはなんでしょうか？」

そう言えばくまきゅうのことは知らなかったよね。

「この子もわたしのクマだから安心していいよ。乗っている女の子はフィナ。わたしの友人だよ」

「フィナです」

フィナは小さく頭を下げて、名前を名乗る。

「ブランダさんとマリさんに会いたいから、村に入っていいかな？」

「はい、もちろんです。でも、その前に村長のところに寄っていただいていいですか？」

「いいけど」

村の人に召喚獣のことを説明するのも面倒なので、くまゆるとくまきゅうは送還しないでおく。

流石にくまゆるとくまきゅうは目立つので、村に入ると子供たちはもちろん、村人たちも集まってくる。

なんか、大事になっているんだけど。

「ユナお姉ちゃん」

フィナが、集まってくる子供たちにどう対応していいか困っている。

それを見たボーグさんが近寄らないように注意をする。

子供たちは悲しそうに離れていく。

う～ん、あとで遊んであげないとダメかな。

村長の家の前にやってくると、騒ぎに気づいたのか村長が家から出てくる。

「何事じゃ」

村長がわたしに気づく。

「ユナ様！」

あれ、聞き間違いだよね。

「どうして、こちらに？」

「暇だったから、散歩。あとマリさんの赤ちゃんが生まれたかなと思って」

「はい、元気な男の子が生まれました」

「うん、ボーグさんに聞いたよ。よかったね。あと、お土産を持ってきたから、あとで村のみんなで分けてね」

「お土産ですか？　嬉しいですが、我々は、ユナ様になにもお礼をしてません」

「え～と、そのユナ様ってなに？」

やっぱり、聞き間違いじゃないよね。

「村を救ってくれた恩人ですから。それにあの壁のおかげで、他の動物からも農作物が守れて感謝しきれません」

「理由は分かったけど。様付けはやめてね。わたしはそんなに大した者じゃないよ」

「しかし」

「やめないと、壁壊すよ」

わりと本気で言う。

「う……分かりました。それではユナさんでよろしいでしょうか」

「うん、それなら」

どうにか様付けは回避することはできた。

「ユナちゃん！」

わたしを呼ぶ声がした。村長から視線を外して声の主を探すと、マリさんが赤ん坊を抱えてこちらにやってきた。

「マリさん、おめでとうございます」

「ありがとうね」

「無事に生まれてよかった」

「これも、ユナちゃんのおかげね。ユナちゃんがヌシを倒してくれたおかげで、安心して産むことができたわ」

「名前はなんていうの？」

「女の子だったら、ユナってつけようかと思ったんだけど」

やめてください。自分の名前が赤ちゃんにつけられるのは勘弁してほしい。

神様、男の子でありがとうございます。

「名前はユーク。ユナちゃんの名前から1文字もらったの」

まあ、「ユ」から始まる名前の人はたくさんいるだろうし、それぐらいだったらいいかな。

わたしはユークを覗き込むが泣いたりしない。人見知りはしないのかな？

逆に笑っているけど、わたしの格好を見て笑っているんじゃないよね？

「それでブランダさんは？」

「狩りに出ているわ」

いつも通りの行動だ。

「しばらくしたら、戻ってくると思うから会ってあげてね。ブランダも喜ぶから」

まあ、初めからそのつもりだったから、頷いておく。

「そうだマリさん。栄養になるもの適当に持ってきてたから食べてください」

「嬉しいけど、いいの？　わたしユナちゃんになにもしていないわよ。そればかりかお世

話になりっぱなしで」

「気にしないでいいよ。赤ちゃんを育てるのは体力が必要だし。美味しいもの食べて体力

をつけて、頑張って子育てしてください」

夜泣きとか、頑張って子育てしてそうだし。

栄養はしっかりとらないとね。

時間的にお昼の時間になるので、村長の家で昼食をご馳走になることになった。

わたしの横ではフィナがユークを抱いて、あやしている。

「フィナちゃん。上手なのね」

「はい。妹がいて、面倒をみていましたから」

面倒を見ていたって、3つしか離れていないよね。

ティルミナさんの旦那さんはシュリがお腹の中にいるときに亡くなってしまったと聞い
た。それでティルミナさんが働くことになれば、フィナがシュリの面倒をみないといけな
かったんだろう。それからお母さんが病気になり、ゲンツさんの助けがあったとしても、
小さな女の子では大変だったはず。

わたしは手を伸ばしてフィナの頭を撫でた。

「ユ、ユナお姉ちゃん?」

いきなり頭を撫でられて、困惑するフィナ。

「フィナは偉いなって思ってね」

意味が分からないのか首を小さく傾げるフィナ。

食事を終えたわたしは、村長とマリさんにクリモニアの街で買ってきたお土産を渡す。

「こんなに?」

「マリさんに栄養をつけてもらおうと思ってね。他に妊婦さんがいたら食べさせてあげてもいいし、村で分けて」

「ありがとう」

ここで、受け取ってもらえないよりも、喜んで受け取ってくれるのが一番嬉しい。

「それで、フィナちゃんは本当に散歩のためだけに、村に来たの?」

マリさんがフィナに尋ねる。

「はい。ユナお姉ちゃんの家に行ったら、いきなり、散歩に行こうって言われて、ここまで連れてこられました」

フィナは苦笑いをしながら答える。

「ふふ、ユナちゃんらしいのかな? 自然体っていうか。ユナちゃんは自由って感じがするね」

「はい」

なに、頷いているの。

そんなに自由にしているの。

日本にいた頃も学校に行かない。親の言うことを聞かない。ゲーム三昧。

そして異世界でも自由に行動しまくっているしね。

反論する言葉は出ない。

「それで、ブランダさんはどのくらいで帰ってくるの?」

「獲物が捕れれば、すぐだと思うけど……」

「なんか、あるの?」

なにか含みがある言い方だったので尋ねてみる。

マリさんが村長のほうを見る。

村長は頷いて、話し始める。

「ユナさんはヌシを倒してくれましたよね」

「うん、倒したけど」

「そのせいか分からないのですが、ウルフが増え始めたんです」

村長は言いづらそうに言う。

「もちろん、ユナさんにはヌシを倒してもらって感謝をしてます」

「たぶん、ヌシがいたおかげで、ウルフはこのあたりに近寄ってこなかったのね」

「ヌシとウルフを比べれば、ウルフは可愛(かわい)いものです。村の者でも、何人かは倒せる者は

います。ただ、数が多いみたいなんです」

「ブランダも狩りに行っているんだけど、ウルフの数が減らないみたいなの」

「十分にあり得る話だ。

「それじゃ、わたしが討伐に行こうか?」

「いえ、それなら大丈夫です。先日、行商人が来たときに、冒険者ギルドにウルフの討伐

の依頼をお願いしました」

「それで、昨日の夜に、若い冒険者が来てくれたの」

「朝から討伐に向かいましたから、ウルフの数も減ると思いますので、安心してください」

安心ね。

フラグじゃなければいいけど。

まあ、若いとはいえ、冒険者が来たら、少しはウルフの数は減るだろうし大丈夫だよね。

村の中にも倒せる者が数人はいるみたいだし。

それから、ブランダさんが帰ってくるのを待ちながら、村の話を聞いたりした。

わたしが作った壁のおかげで、他の動物から食物が守れているとか。さらに倒したヌシの毛皮は村長の家の奥に飾ってあるとか。

フィナが見に行って、大きさに驚いたりした。

「売らなかったの?」

「はい、肉のほうは売ったり、近隣の村で他の食材と交換させてもらいました。でも、ユナさんがこの村を救ってくれた証を残すために、村の者と話し合った結果、残すことにしたのです」

「この子が大きくなったら、このヌシの毛皮を見せながらユナちゃんの活躍を話そうと思っているの」

マリさんは息子の顔を見ながらそう言う。

なんか気恥ずかしいから、やめてほしいんだけど。

それから外に出ると、遠くからくまゆるとくまきゅうを見ている子供たちがいる。

手首を曲げて、おいで、おいでをする。

それを見た子供たちが駆け寄ってくる。

「みんな、クマに触りたいの?」

子供たちは頷く。

「触ってもいいけど、イタズラはしちゃダメだよ」

その言葉を聞いた子供たちはくまゆるとくまきゅうに抱きつく。ちゃんと言い付けを守って、くまゆるとくまきゅうが嫌がることはしない。

しばらく子供たちがくまゆるとくまきゅうと遊んでいると、村の入り口辺りが騒がしくなった。そちらを見ていると、人がこっちに駆けてくるのが見えた。

「村長!　大変だ!」

男性が村長の家に向かって叫ぶ。後ろにも数名ついてきている。

「どうしたのじゃ、そんなに慌てて」

家の中にいた村長たちが出てくる。

「タイガーウルフが現れた!」

「タイガーウルフじゃと!?」

「ブ、ブランダは無事なの!?」

マリさんが村長の家にやってきた男性に問い詰める。

「すまない。途中まで一緒だったんだが。ブランダはタイガーウルフを引きつけるために森に残った」

小さく頭を下げて謝罪をする。

男性も肩に弓を持っている。ブランダさんと同じ狩人なのだろう。

「そんな……」

マリさんが膝から崩れ落ちる。これはヤバイ状況かな?

「村長! 至急、男衆を集めて、入り口を固めてくれ。もしかすると壁を飛び越えてくるかもしれないから、女と子供は家の中に入る指示を」

その言葉を聞いた村長は頷いて指示を出す。

村長の家の前ではくまゆるとくまきゅうと遊んでいた村の子供たちが不安そうにくまゆるとくまきゅうに抱きついている。

「クマのお姉ちゃん……」

「大丈夫だよ。でも、危ないかもしれないから、みんなは家に帰って、お父さんとお母さんの言うことを聞くんだよ」

わたしの言葉に子供たちは頷いてそれぞれの家に帰っていく。

「冒険者は見てないか?」

「狩りをしているときに、一度見かけた。でも、そのときはタイガーウルフのことは知らなかったから、その場から離れた。だから、その後、どうなったか分からない」

「村長! その冒険者はタイガーウルフは倒せそうなのか?」

「ギルドカードを見せてもらったが、ランクFの新人じゃ。とてもじゃないが無理じゃ。むしろその冒険者も心配じゃ」

村長は困ったように顔を下に向けて考える。

そして、顔を上げてわたしを見るがなにも言わない。村長は視線を、村の集まっている男衆に向ける。

「急いで入り口を塞げ。数名は、壁の周辺を監視するのじゃ!」

「ブランダと冒険者はどうするんだ?」

「逃げてくるのを待つ。下手に捜しに行けば犠牲者を出すことになる」

「そんな……」

マリさんは村長の言葉に不安で言葉が続かず、息子のユークを強く抱きしめるだけだ。

「ユナお姉ちゃん……」

フィナが心配そうにわたしを見る。

「大丈夫だよ」

フィナの頭を優しく撫でてあげる。

## 番外編③　新人冒険者　3

「わたしが行ってくるよ」

「ユナさん！」

「わたしがくまゆるとくまきゅうと一緒に行って、ぱぱっとブランダさんたちを連れて帰ってくるよ」

「危険じゃ。タイガーウルフはヌシとは違う。非常に狂暴なんですぞ！」

村長が本気で心配してくれる。

「そうだ。ヌシは俺たちがなにもしなければ畑を食い荒らすだけだったが、タイガーウルフは人を襲う」

「ユナちゃん、危険よ」

本心から村人たちが心配してくれる。

「お金はかかるが、冒険者ギルドに依頼するから安心してください」

その冒険者は目の前にいるんですが。

「でも村長、どうする。誰が街まで行く？　今回は行商人が来るのを待っていられないぞ」

「しかも、急がないと」

「それよりブランダをどうするかが先だろ」

「何度も言うがブランダを助けには行けない。ブランダが村にたどり着くことを祈るしかない」

村長の言葉で村の中が暗くなる。

誰しもがタイガーウルフとは戦いたくない。相対すれば殺されることを知っている。

ここは黙っていくしかないかな。

わたしはくまゆるに乗る。

「ユナさん？」

村長がわたしの行動に気づく。

「ちょっと森の中を散歩してくるね」

説得するのが面倒なのでそう答える。

マリさんと視線が合う。

「くまゆるとくまきゅうがいるから散歩ぐらい平気だよ」

マリさんを安心させるために、くまゆるとくまきゅうの存在をアピールする。

「ですが……」

「散歩に行くだけなんだから、そんなに心配する必要はないよ」

「ユナちゃん……」

マリさんは下を向いてしまう。

その代わりに村長が話しかけてくる。

「その、ユナさん。お願いします」

村長は深々と頭を下げる。

「なにを頼んだのか知らないけど。　散歩に行くだけだよ」

「ユナさん……」

「それじゃ、ちょっと散歩に行ってくるね。フィナは悪いけど待っててね」

「ユナお姉ちゃん」

フィナは心配そうに駆け寄ってくる。

「大丈夫だよ。前にも倒しているから」

「うん。でも、気をつけてね」

わたしはくまゆるに乗って走りだす。その隣をくまきゅうが並走して走る。

探知のスキルを使う。

ウルフが多い。

ブランダさんたちはどこかな？

あっちか、タイガーウルフも近くにいるね。

これは急がないとダメだね。

「くまゆる、くまきゅう、急ぐよ」

森の中を黒いクマと白いクマが走り抜けていく。

近くに人の反応が5つある。

新人冒険者とブランダさんかな。　反応があるってことは、

間に合ったみたいだ。

　　　　　　　　　　　反応があるってことは、まだ生きている。

「ホルン走れ！」

「シン！　そっちにウルフが行ったぞ」

「タイガーウルフはどこだ！」

「ブランダさん！　危ない」

「おまえたちは先に行け！」

「でも！」

「この森は俺の庭だ！　どうにだってなる。おまえたちがいると逆に足手まといだ！」

声が聞こえてくる。

緊迫している状況みたいだ。くまゆるは加速する。

発見！

わたしが見えるってことは相手からも見えるってことになる。

「クマ！」

少年がくまゆるに剣を向ける。

「バカ、よく見ろ！」

「くまさん！」

わたしは少年たちに襲いかかっているウルフに氷の矢を放つ。少年たちを追いかけていたウルフの脳天に突き刺さる。

わたしは少年少女の近くにいる複数のウルフに向けて氷の矢を放つ。氷の矢は全てウルフに命中する。

「すげぇ」

わたしは新人冒険者を襲っていたウルフを全て倒す。

新人冒険者を見ると、見覚えがある少年少女たちだった。

昨日、わたしの頭をポンポン叩いた少年のパーティーだ。

でも、今は構っている暇はない。

「くまきゅう！　ここをお願い」

くまきゅうを護衛に残し、ブランダさんのところに向けて走りだす。

すぐにブランダさんを発見することができた。

ブランダさんは少し高くなった岩山の上から弓を構えていた。

狙う先にはタイガーウルフがいる。

ブランダさんが矢を放ってタイガーウルフを威嚇している。

本当になにをやっているんだあの人は。

お人好しは早死にするって、本当だね。そんなことをすれば逆に襲われて死んじゃうよ。

ブランダさんは矢を放つが、タイガーウルフはかわす。タイガーウルフはブランダさんに向けて駆けだす。ブランダさんは矢を何度も放つがタイガーウルフは左右に避けて命中はしない。

「くまゆる！」

くまゆるが加速する。そして、タイガーウルフとの間合いを一気に詰めて、ブランダさんに襲いかかろうとしていたタイガーウルフに体当たりをする。

乗っていたわたしに、衝撃は思ったほどない。

くまゆるのおかげなのかな。

「嬢ちゃん！」

「ブランダさん。お久しぶり」

クマさんパペットを上げて挨拶をする。

「どうして、ここに」

「散歩だよ」

目線はタイガーウルフに向けながら答える。くまゆるに弾き飛ばされたタイガーウルフはゆっくりと立ち上がってわたしのほうを見る。

「嬢ちゃん! 逃げろ!」

逃げろと言われても、目的のタイガーウルフを目の前にして、逃げ出すわけにはいかない。

わたしはくまゆるから降りて、タイガーウルフと対峙する。

「嬢ちゃん、危険だ」

「危険なのはどっちなの?　赤ちゃんも生まれたんだから危険なことはしちゃダメだよ」

わたしはタイガーウルフに目を向けながら、ブランダさんを叱る。

でも、長い会話はできないみたいだ。

タイガーウルフは歯を食い縛り、唸り声をあげてわたしのことを睨んでいる。

もし、クマ装備がなかったら、チビっているところだね。

わたしは風魔法を放ちながらタイガーウルフに詰め寄る。

タイガーウルフは見えない風を探知して体を翻してかわす。やっぱり、ウルフとは違うね。

でも、避けるってことは自分がしたい行動ではない。相手にさせられている行動でもある。わたしはタイガーウルフがかわした位置にクマの身体強化をかけた体で間合いを詰め、横っ腹にクマパンチを打ち込む。

タイガーウルフは避けることもできずに、地面を滑るように転がる。

あれ、強く殴りすぎたかな。

でも、タイガーウルフは立ち上がろうとする。

そこに1本の矢が飛び、タイガーウルフの右目に突き刺さる。

「ブランダさん?」

「助けはいらないと思ったが、矢を打ち込める隙があったからな」

タイガーウルフは目に矢が刺さったまま、立ち上がる。その体から、怒りで殺気が出ている。

「もしかして、余計なことをしたかもしれないな」

ブランダさんを見ると弓を構える手が震えている。

クマ装備のおかげなのか、ゲーム慣れなのか、強い装備を着けている安心感からなのか分からないけど、恐怖心は感じない。

「大丈夫だよ」

タイガーウルフが地面を蹴る。同時にわたしも地面を駆ける。

ベアーカッターを放つが全てかわされる。片方の目が潰れているのによく避ける。でも、目に矢が刺さっているため、死角ができている。わたしは死角から回り込むと、圧縮した水弾を放つ。

水弾は全て命中して、タイガーウルフは悲鳴をあげて倒れる。

だが、すぐに立ち上がろうとするタイガーウルフ。わたしを威嚇するためなのか、大きく口を開く。わたしはその隙に氷の矢をタイガーウルフの口の中に放つ。

片方の目でわたしを睨んだと思ったらタイガーウルフの体は横に倒れた。

「倒したのか?」

タイガーウルフは立ち上がらない。

「倒したみたいだね」

ブランダさんは弓の構えを解く。

「嬢ちゃん、助かった。ありがとう」

「さっきも言ったけど。散歩をしていただけだから気にしないでいいよ」

「命を救ってくれたのに。謙虚だな」

ブランダさんはわたしのクマさんフードの上から頭を撫でる。

そのとき、後ろから草むらを掻き分ける音が聞こえた。

「ブランダさん、大丈夫ですか?」

新人冒険者たちがやってきた。

「おまえたち、俺は逃げろと言ったはずだぞ」

「すみません。俺たちブランダさんが心配で。それと、先ほどはありがとうございました。

もし、ブランダさんが注意を引いてくれなかったら、俺たちは」

「気にするな。たまたま、近くにいただけだ。この森のことはおまえたちよりも俺のほう

が知っているからな」

「それで、そのタイガーウルフはブランダさんが?」

新人君がタイガーウルフの目に刺さった矢を見ながら尋ねる。

「いや、タイガーウルフはこの嬢ちゃんが倒した。俺は嬢ちゃんが戦っているところを隙をついて矢を放っただけだ」

新人君たちがわたしを見る。

「ありがとうございます。助かりました」

「いえ、さっきはありがとうございました」

少年の一人が呟くと、隣にいた女の子が肘で少年を突っつく姿が見えた。

「このクマが」

素直に頭を下げる新人君4人。

「それで、こいつはどうする。持ち帰りたいが」

死んでいるタイガーウルフを見ながらブランダさんが尋ねる。

「わたしが持っていくよ」

タイガーウルフに近づいて、クマボックスにしまう。

「相変わらず凄いな。それで、さっきから気になっているが、その白いクマはなんだ？」

そういえばブランダさんもくまきゅうのことは初めて見るんだよね。

村に戻ってくると、男衆が武器を持って、入り口を塞いでいた。

「ブランダ！　無事だったか！　冒険者たちも」

「ああ、嬢ちゃんに助けてもらった」

「そうか、よかった。おまえは赤ん坊が生まれたばかりなんだから、マリを心配させるな」

「すまない」

「それで、タイガーウルフはどうなった。近くにいるのか?」

「タイガーウルフなら、嬢ちゃんが倒した」

「……はぁ?」

男衆がみんな同じ反応をする。

「嬢ちゃんがタイガーウルフを倒してくれたからもう安心だ」

「本当なのか?」

みんなブランダさんの言葉が信じられないようだ。

「ヌシとタイガーウルフとでは強さが違うぞ」

「こんなことで嘘をついてもしかたないだろう。細かいことはあとで説明する。とりあえ
ずは村長のところに報告しに行かせてくれ」

男衆は左右に分かれ、道ができあがる。

わたしはブランダさんと一緒に村長の家に向かう。その後ろをくまゆる、くまきゅうと
続き、最後に新人君たちがついてくる。

「ブランダ、戻ってきたの!?」

村長の家からユークを抱いたマリさんと村長が、最後にフィナが出てくる。

「怪我は?」

「大丈夫だ」

その言葉でマリさんの顔に安堵が浮かぶ。

「それで、ブランダ、タイガーウルフは?」

村長が尋ねる。

「嬢ちゃんが倒したよ」

「本当か!?」

口で説明するよりも、実物を見せたほうが早いと思って、クマボックスからタイガーウルフを取り出す。

村長たちは信じられないようにタイガーウルフを見る。

死んでいるタイガーウルフを見て、村長は頭を下げる。

「ユナさん、ありがとうございます。ブランダを救ってもらい、タイガーウルフまで倒してもらい、感謝します。このお礼は少ないですが払わせてもらいます」

「わたしはたまたま、森の中を散歩していただけだよ。そしたら、たまたまブランダさんを見つけて、たまたまタイガーウルフを倒しただけ。村からお金を貰う理由はないよ」

「ですが……」

村長はなにか言いたそうにするが言葉が出てこない。

「それに赤ん坊が生まれたばかりなのに、マリさんを未亡人にするわけにはいかないからね」

「ユナちゃん……」

涙を拭いながら笑顔を向けるマリさん。

そのとき、マリさんの腕の中にいるユークが一生懸命手を伸ばしている姿があった。

「ユーク？」

ユークが手を伸ばした先にはタイガーウルフの亡骸がある。

マリさんがユークを抱いてタイガーウルフの前に膝を折って座ると、ユークはタイガーウルフの毛を摑んだ。

「ユーク？」

マリさんがユークのタイガーウルフを摑んでいる手を離そうとすると泣き始める。

マリさんが慌ててユークの手を放すと、またタイガーウルフの毛を摑む。

どうやら、タイガーウルフの毛皮が気に入ったみたいだ。

「ユナちゃん、ごめんね。すぐに離させるから」

マリさんは無理やり、ユークの手を引き離すと、ユークは大泣きをする。マリさんは一生懸命にあやすが泣きやまない。

相当、タイガーウルフの毛皮が気に入ったようだ。

「マリさん、このタイガーウルフは出産祝いで、受け取ってください」

「そんな、受け取れないわよ。この子にも言い聞かせるから」

でも、マリさんの腕の中にいるユークは泣きやまない。

「どうして、泣きやんでくれないの?」

一生懸命にあやすマリさんを見て笑いが出てしまう。

「ふふ、マリさん。受け取ってください。村長、毛皮はユークに、肉は村で自由にしてください」

「いいのですか?」

わたしはその言葉に頷く。

その後、タイガーウルフはフィナの手によって解体されることになり、その手捌きに村の人は驚いていた。

毛皮はユークに贈り、肉は村に贈ることになった。

フィナの解体作業を見ていると、新人君たちがやってくる。

「あのう、いいか?」

「なに?」

「ありがとうございました」

頭を下げる少年少女。

「あのとき、来てくれなかったら……」

「死んでいたかもしれない」

「それと、冒険者ギルドでは失礼なことをして、すみませんでした」

「あのう。シン君を許してあげてください。決して悪気があってあんなことをしたわけではないんです。怖いとか凶暴とか聞かされていたので、会ったら可愛いクマさんだったから。騙されていると思ったんです」

「あんなに強いとは思わなかった。俺たちが新人冒険者だから、騙されていると思ったんだ。もし、噂通りなら、俺だけにしてくれ。みんなは悪くないから」

「一つだけ聞いていい？　冒険者ギルドではなんて聞かされていたの？」

「それは……」

冒険者ギルドから聞いた話はヘレンさんが説明したのと同じだった。

ただ、冒険者どもから聞いたわたしのことは……。

クリモニアに帰ったら、お仕置きしないとダメだね。

「本当に帰られるのですか？　もう、遅いですから泊まっていってくださっても」

「わたしひとりならいいんだけど。この子がいるからね」

フィナの頭に手を乗せる。

「この子の親に黙って来ちゃったから、もう帰らないと」

「そうですか。確かに帰りが遅くなれば、親御さんも心配するでしょう。無理に引き止めることはできませんね」

村長は少し残念そうにするが、理由を述べると理解してくれる。

「また、散歩に来るよ」

「はい。お待ちしてます。フィナのお嬢ちゃんも今度はゆっくりしていっておくれ」

「はい、そのときはお願いします」

笑顔を向けるフィナ。

新人君たちはもう少しウルフ狩りをしていくそうだ。

帰りはわたしはくまきゅうに乗り、フィナはくまゆるに乗って、急いでクリモニアに帰った。

でも、クリモニアに着いたときには陽が沈み、ティルミナさんに怒られることになった。

フィナ、巻き込んでごめんね。

# 番外編④　クマとの遭遇　院長先生編

今日も食べるものがない。

一日一回、野菜くずが入ったスープを作るのが精一杯だ。

3か月ほど前に補助金が打ち切られて以来、子供たちにちゃんとしたものを食べさせられていない。

大人であるわたしがなんとかしてあげないといけない。

わたしとリズで食べ物を貰いに行っているが、限界はある。

毎日、頼むと嫌な顔をされる。違うところに行ってもいい顔はされない。それでも、子供たちが待っているのだから、嫌な顔をされても頼まなければならない。

今朝からリズが食べ物を貰いに行っているが、どれほど手に入れられるか分からない。

わたしは目の前にいる小さな子供をあやしながら、今後のことを考えるが、不安でしかない。

他の子供たちは外に行って、ここにはいない。たぶん、向かった先は中央広場だ。子供たちは中央広場の屋台の食べ残しを探している。

そのことをわたしは強く注意することができない。
わたしが食べ物を用意できれば、子供たちにそんなことをさせないですむ。
でも、用意することができない。だから、言えるのは迷惑がかからないようにしなさいっ
てことくらいだ。

でも、このままだと、誰かが死んだり、子供たちが盗みを始めたりしてしまうかもしれ
ない。

もし、盗みでもすれば、今、食料を分け与えてくれている人もいなくなる。そうなれば、
孤児院は終わりだ。

領主様にお願いすることも考えたが、もし、反抗的と思われ、この孤児院を立ち退かさ
れでもしたら、子供たちの住む場所がなくなってしまう。

どうすることもできない。

頭を抱えて考え事をしていると、外が騒がしいことに気づいた。

子供たちが帰ってきたみたいだ。でも、いつもよりも早い。

なにかあったの？

不安で外に出ると、子供たちが変な格好をした女の子のところに集まっていた。

クマ？

そのクマの格好をした女の子に声をかける。

「どちら様でしょうか。わたしはこの孤児院を管理している院長のボウと申します」

「わたしは冒険者のユナです。この子たちを中央広場で見かけて」

「中央広場……。また、行ったの?」

知っていたことですが、表向きは注意しなければなりません。

子供たちは謝ってくれますが、悪いのはわたしです。

「いいのですよ。わたしがあなたたちに食べさせてあげられないのがいけないのですから。

もしかして、この子たちがあなたになにかしましたか?」

なにかしたとしても謝ることしかできません。それで許してくれればいいけど。

「いえ、この子たちが、広場でお腹を空かせているようだったので」

「すみません。その、恥ずかしながら食べるものはあまりなくて」

隠せることではないので、本当のことを話します。

本当なら、子供に話すようなことではないのですが、いろいろと聞かれるので、話して

しまいました。

すると、クマの格好をしたユナさんはウルフの肉を出してくれました。しかも、かなり

の量です。それに、パンから飲み物まであります。

自由に食べていいとおっしゃいました。

本当は理由もなく受け取ることはしたくなかったのですが、子供たちが食べ物から目を

放しません。

わたしはお礼を言って受け取ることにしました。

食事を用意すると子供たちは嬉しそうに食べます。子供たちの笑顔を見たのはどれほどぶりでしょうか。

ユナさんは一人立ち上がると、孤児院の中を見回り始めました。

わたしは、ユナさんが用意してくれたお肉を焼いたりしていましたので、手が放せませんでした。

「あなたたち、もうよろしいのですか?」

お肉はまだあります。子供たちは食べたそうにお肉を見ています。

「先生、俺、いらない」

「僕も」

みんなフォークやスプーンをテーブルに置きます。

「どうしてですか?」

「明日、食べたい……」

そうですね。今日食べられても、明日も食べられるとは限りません。

「分かりました。ユナさんにお願いして、これは明日、食べる許可を貰いましょう」

わたしはユナさんを探しに行きます。

ユナさんを見つけると魔法で崩れた壁や穴があいた壁を修復していました。

ユナさんは部屋を見回り、壁の修復をしていきます。そして、ユナさんが子供たちの寝

室に入ると、ベッドにある小さなタオルを見ます。暖かい布団などはありません。

すると、ユナさんは手につけているクマから、暖かそうなウルフの毛皮を取り出して渡してくれました。

「ユナさん？」

「子供たちに渡してあげて。ベッドにあるタオル一枚じゃ寒いでしょう。院長先生の分と予備もあるから」

言葉が出ませんでした。

どうして、こんなにしてくれるのでしょうか。

ユナさんの行動が分からず、お肉のことを聞くのを忘れて、食堂に戻ってきてしまいました。

ユナさんが予備のお肉が食べられていないことに気づき、聞いてきます。

「はい。ユナさんのお許しが貰えれば、明日に回したいです。子供たちも今日食べるよりも、明日食べたいと言いまして」

「ああ、ごめん。言い忘れた。数日分用意しておくから、食べていいよ」

そう言うと、ユナさんは新しくお肉とパンを出します。

「あの。どうして、こんなにしてくれるのですか？」

聞かずにはいられなかったので、聞いてみます。

「大人が食べられないのは働かない大人が悪い。でも、子供が食べられないのは子供のせ

いじゃない。大人のせい。親がいなければ、周りの大人が助けてあげればいい。だから、わたしは子供のために頑張っている院長先生の味方だよ」

ユナさんの言葉に涙が出そうになった。

冒険者といってもこんなに小さな女の子が言う台詞じゃないと思ったけれど。ユナさんの言葉には温もりを感じました。

子供たちはお腹いっぱいになるまで食べました。

ユナさんはその様子を見ながら食べ物を追加していきます。

感謝の言葉しか出ません。

しばらく孤児院を見ていたユナさんは、帰るそうです。

子供たちは悲しそうにユナさんに近寄ります。

「ほら、ユナさんも困るでしょう。みんな、お礼を言いなさい」

「ありがとう」

「クマのお姉ちゃん、ありがとう」

子供たちはお礼を述べます。

ユナさんが来てから3日後の朝。

ユナさんにいただいた食料で朝食を食べる。食料も多くあり、朝から食べることができ

る。子供たちも嬉しそうに食べている。今度、ユナさんに会ったら再度お礼をしないといけませんね。

初めは変な格好をした女の子だと思いましたが、人を見た目で判断してはいけません。ちゃんとあの子たちにも教えないといけませんね。

子供たちは朝食を食べると外に行きます。ですが、すぐに戻ってきました。

「院長先生！」

子供たちが慌てて、わたしのところにやってきます。

「そんなに慌てて、どうしたのですか？」

「外に変な壁が」

言っている意味が分かりません。

外になにがあるというのでしょうか。

子供たちはわたしの手を引っ張って外に連れていきます。

そこにあったのは大きな壁でした。

昨日はなかったはずです。あれば子供たちが今みたいに騒いでいるはずです。

リズにも聞いてみましたが、首を横に振るだけです。

とりあえず、危険な可能性があったとしても、わたしたちにどうにかすることはできません。

子供たちには近寄らないように注意して、わたしは家の中に戻ります。

あの壁はいったいなんでしょうか。一晩でできあがるなんて、信じられません。

子供たちに危険がなければいいんですけど。

壁のことを考えていると、ドアが開き、子供たちとクマ？　いえ、ユナさんが入ってき

ました。

とりあえず壁のことは保留にして、挨拶とリズの紹介をします。

「それで、今日はどのような用件で」

わたしが尋ねると、子供たちを働かせたいというではないですか。

もしかして、子供たちに危険な仕事をさせるつもりかもしれません。

「心配しなくても危険な仕事とかじゃないから」

顔に出ていたのか、安心させるように言います。

ですが、ユナさんにお世話になったとはいえ、ハッキリさせないといけません。子供た

ちはわたしが守ります。

「どんな仕事なんでしょうか？」

隣に壁を作ったのはユナさんで、あの壁の中で鳥を飼うそうです。

仕事内容は子供たちでもできる卵集めや、掃除、鳥のお世話だと説明をされました。話

を聞く限りでは危険なことはないみたいです。

なんでも集めた卵を売って、お金を稼ぐみたいです。それだけで、お給金が貰えると。

わたしと一緒に話を聞いていた子供たちに尋ねます。

「あなたたちどうしますか。ユナさんが仕事を与えてくれるそうです。働けばごはんが食べられるようになります。働かなければ、数日前の状態になります。ちなみにユナさんが食料を持ってきてくれることはもうありません」

子供たちに問いかけます。

無理やりやらせてはダメです。自分たちの意思で決めないといけません。だから、子供たちの答えを待ちます。

子供たちはお互いの顔を見ます。そして、頷き合いました。

「やります」

「やらせてください」

「わたしもやる」

「俺も」

「ぼくも」

子供たちが元気よく返事をします。

その言葉を聞いて嬉しくなります。

「ユナさん。この子たちのことをお願いします」

わたしは頭を下げます。

ユナさんはリズと子供たちを連れて壁に向かいます。リズがいれば子供たちも大丈夫でしょう。

それからティルミナさんという女性を紹介され、商業ギルドとの仲介役だと言われました。

子供たちの話では優しい人だといいます。

鳥の数も知らないうちに増えて、子供たちは驚いていました。

孤児院で小さい子の世話をしているとティルミナさんがやってきました。

「院長先生」

「はい、なんでしょうか」

「ユナちゃんに冷蔵倉庫があるって聞いたけど、どこにありますか?」

「冷蔵倉庫ですか?」

ユナさんが先日、冷蔵倉庫を作ってくれました。

子供たちも多いんだから、大きい冷蔵倉庫が必要でしょうって言われました。

でも、今はユナさんにいただいたウルフのお肉ぐらいしか入っていません。

「近いうちに食料を運んでくる人がいると思いますので、来たら案内してもらえますか」

「食料ですか?」

「子供の人数も多いし、リズさんもお借りしてますから、買い出しは大変でしょう。だから、必要最低限の食料は運んでもらうように手続きをしましたので」

「ありがとうございます」

やっと意味を理解した。食べ物がお給金代わりだということに。

「他に必要なものがあったら、言ってください。それほど高いものじゃなければ大丈夫なので。もちろん、必要なものなら高いものでも構いません。でも、そのときはユナちゃんに相談します」

「あのう。どうして、ユナさんはそこまでしてくれるのでしょうか?」

気になっていたことを尋ねます。ティルミナさんなら知っているかもしれません。

「ユナちゃん、だからじゃない?」

「ユナさんだから?」

「あの子は不思議な子だから、なにを考えているか分からないけど。優しい子ですよ。娘のフィナも好いてますし。孤児院を悪いようにはしないと思います。だから、安心していいですよ」

「そうですね」

「あっ、でも、いきなり、とんでもないことを言いだしますから気をつけてくださいね」

ティルミナさんは笑いながら注意してくれました。

あの、可愛らしいクマの格好をした女の子。

いきなりやってきて、食料を与え、子供たちに仕事を与え、ちゃんとお給金も出してくれる可愛いクマの女の子。

わたしたちの環境を一気に変えてくれた不思議なクマの格好をした女の子。

子供たちも笑っている。孤児院の中に笑顔が広がるようになった。

お腹いっぱい食べられる。お腹を空かせて悲しい顔をする子はいなくなった。

寝る場所も暖かい。隙間風もない。寒くて寝られないこともなくなった。

それらを与えてくれたのがクマの女の子だという事実は変わらない。

だから、これからもユナさんを信じていこう。

# ノベルス版2巻　書店特典①　クマとの遭遇　クリフ編

本日、門兵から変な報告が上がってきた。

普通、俺のところまで上がってくるような案件ではない。

門兵を管理している部署の隊長が処理をする案件だ。もし、隊長が自分では対応できないようだったら俺のところまで報告が来るようになっている。

問題でも発生したのかと思えば、女の子が市民カードもギルドカードも持っていない状態で街に来たそうだ。

まあ、それならいつものことだ。市民カードやギルドカードを持っていない者が街に来るのは珍しいことじゃない。

報告書の続きを読むとその女の子の格好はクマと書いてある。

意味が分からん。クマの格好って、どんな格好だよ。

犯罪経歴なし、それ以外の詳細はなにも書かれていない。ただ、クマの格好をしていると。

こんなことを俺のところに伝えてどうしろっていうんだ。

犯罪経歴がなければ、なにも問題はない。女がクマの毛皮を着ているだけで俺のところ

に回してくるなよ。

俺は見なかったことにして、次の書類に手を伸ばす。

数日後、冒険者ギルドから嘆願書が来た。

中身を確認すると、クマの格好をした女が冒険者になり、トラブルが起きる可能性があ
る。その相手が冒険者だった場合、冒険者ギルドで対処するので、街を警備している者に
伝えてほしいというものだった。

クマの格好をした女が冒険者？

先日、街に入ってきたクマが冒険者になったのか。

だからと言って冒険者ギルドがどうして、ここまでするんだ。

意味が分からん。

嘆願書を机の上に放り投げると机からすべり、床に落ちてしまう。

それをお茶を運んできていた執事のロンドが拾う。

「クマですか」

「意味が分からん。だが、冒険者ギルドのギルドマスターからの嘆願書だ。無視するわけ
にはいかないな」

「ああ、これはあの件ですね」

「なんだ。知っているのか？」

「小耳に挟んだ程度ですが。冒険者ギルドで大暴れをしたクマがいると聞きました」

「冒険者ギルドで大暴れか?」

「はい。冒険者登録に来たクマに冒険者が絡んで喧嘩になったそうです」

「それで、嘆願書か」

冒険者ギルドは冒険者同士の争いには中立のはずだが、ギルドマスターからの嘆願書だ。

警備隊長に一筆したためて、ロンドに届けるように指示を出す。

今日もいつもどおりに仕事をしていると執事のロンドがお茶を運んでくる。

「クリフ様。新しいクマの噂はご存じですか?」

「いや、あれ以来報告は上がってきていないな。そのクマがどうかしたのか?」

気になったので休憩がてら、ロンドに尋ねてみた。

話を聞くと、冒険者ギルドに登録した数日間でウルフを数十匹も狩ったそうだ。

さらにゴブリン討伐に行ったクマはゴブリン100匹とその場にいたゴブリンキングを倒したという。

「本当なのか?」

ゴブリンキングといえば凶悪な魔物だ。手下のゴブリンに指示を出し、統率力がある厄介な魔物だ。ゴブリンキング自体も強く、冒険者が数人がかりでやっと倒せる魔物だ。

ゴブリン100匹でも凄いことなのに、ゴブリンキングを倒すって、クマってどんなに

大きな女なんだ。

もしかすると2mぐらいある大女かもしれないな。

「女なんだよな?」

「はい。女性だと聞いてます」

どんな女なんだよ。

怖いな。

その日の夕食、娘のノアと食事をしているときに聞いた。ノアが散歩しているときにクマを見たそうだ。

なんでも、絡んできた冒険者を一掃したそうだ。

とても強くて可愛かったそうだ。ロンドの話を聞いても強いってことは分かるが、クマの毛皮を着ている姿が可愛いのか? 想像してみるが可愛くない。

娘が楽しそうに話すので、ロンドから聞いたクマのことを話してやる。

それから数日後、お茶を運んできたロンドがクマの情報を持ってくる。

いつも思うがどこから手に入れてくるんだ。

「タイガーウルフを2匹倒したそうですよ」

「一人でか?」

普通、タイガーウルフはゴブリンキング同様、数人で倒す魔物だ。よほど優秀な冒険者

じゃなければ一人で倒そうとは思わない。

「そう聞いてます」

そんな優秀な冒険者が街に来てくれたのは歓迎するが、近づきたくはないな。

想像するのは熊の毛皮を纏った大女。

俺がクマの女の感想を洩らすと、ロンドから別の返答があった。

「いえ、可愛らしい女の子ですよ」

「女の子?」

「はい。わたしも遠目で拝見しましたが、冒険者規定を考えると年齢は13歳ぐらいでしょうか」

「13歳?」

「ロンド。俺をからかっているのか?」

どこにゴブリンキングを倒したり、タイガーウルフを倒したりする13歳の冒険者がいるんだ。

「まさか、わたしがクリフ様をからかうことはありません」

「それじゃ、その13歳の女の子が本当にゴブリンキングやタイガーウルフを倒したとでも言うのか?」

「事実かと思われます。ゴブリンキングとタイガーウルフの死体も魔石も確認されています」

「信じられない話だな」

「それから、ノアール様がおっしゃるとおりに可愛らしいクマの格好をしてました」

ロンドが思い出したのか笑みをこぼす。

意味が分からん。クマは凶暴だろう。可愛らしいクマの格好って、どんな格好だ。熊の

毛皮を着ているだけじゃなかったのか。

お茶を飲みながら、一番上にある書類に目を通す。

それは門兵からだった。

なんだ？

内容を確認すると、ちょうど今、会話に出ていたクマの女の報告書だった。報告書に目

を通すと冒険者のクマがクマを召喚したと書かれていた。

クマがクマを召喚ってなんだ。ちゃんと、分かりやすく書け。

「ロンド。おまえはこのことを知っているか」

ロンドに門兵から来た書類を渡す。ロンドは書類に目を通すと、

「はい。噂程度には小耳に挟んでいます。なんでも、そのクマの格好した女の子は馬の代

わりに召喚獣のクマを2匹、召喚したそうです」

「2匹？」

「なんでも、黒いクマと、白いクマと聞いています」

それで、クマの女の子がクマの召喚獣を召喚したってことか。

でも、召喚獣のクマか、一度見てみたいな。

翌日の夕食時、娘のノアールがクマの家を見たそうだ。クマの家？　想像してみるができない。

なんでも、そのクマの家には例のクマの格好をした女の子が住んでいるらしい。

娘は会うためにしばらく待ったが、会えなかったそうだ。

「会いたいなら、この屋敷に呼ぶか」

その言葉に娘のノアールは喜んだ。

ロンドに、クマの情報を集めさせ危険がないようだったら家に呼ぶようにと指示を出した。

さて、どんな娘が来るか少し楽しみだ。

# ノベルス版2巻 書店特典②　クマとの遭遇　ノア編

久しぶりの外出。

みんな勉強、勉強、うるさいです。

気分転換をするために街をぶらつきます。

なにか面白いことないかしら。

「おい、そこの変な格好をした女！」

近くで男の人が誰かを呼び止める声がします。

トラブルかな？　嫌だな。

「おまえ、新人だろう。俺に挨拶（あいさつ）もないのか」

「ないよ」

どうやら、誰かが言い争っているみたいです。

声がするほうを見ると、冒険者と……クマ？　の格好をした女の子がいます。

あれ、クマですよね。

黒いクマの格好をしています。よく見ると手にも黒と白のクマがついています。

あまりにも衝撃を受けたので、クマの格好をした女の子をじっと見つめてしまいました。

冒険者4人がクマの格好をした女の子に突っかかっています。

女の子はわたしよりも少し年上のお姉さんって感じでしょうか。13歳ぐらいかな。

冒険者は野蛮な人が多いから好きじゃありません。周りの誰も女の子を助けようとはし

ません。

もちろんわたしも、助けたい気持ちはあるけど助けることはできません。

「そんな格好で冒険者をバカにしているのか!」

あのクマの格好をした女の子は冒険者なんですか!

驚きの事実です。

「別にバカにしていないし。わたしがどんな格好をしようと勝手でしょう」

「新人は先輩に挨拶するものだぞ」

「先輩ってあんたたちも新人っぽいけど」

「3か月でも俺たちは先輩だろ」

クマさんが4人の冒険者のことを見て笑いだします。

そのクマさんの態度が悪かったのか、4人の冒険者が怒りだしました。

周りから、「やめろ」「やめたほうがいいぞ」「死ぬぞ」などの言葉が飛んでいます。

その声はクマさんに向けられていると思ったのですが、違うみたいです。その声は冒険

者4人に向けられた言葉でした。

でも、その言葉はたぶん、4人の冒険者には聞こえていないし、遅かったと思います。

男性冒険者がクマさんの肩を摑んだ瞬間、冒険者は空を飛びました。

人間って空を飛べたんだ……。

一人が飛び、2人目も飛ぶ、3人目が飛べば、4人目も飛ぶ。

空を見上げると人間が米粒のように小さくなって見えません。

「ぎゃああああああああああああ」

「お、お母さ──────ん」

「だじゅけて〜」

「…………」

冒険者たちが落ちてきます。

人はやっぱり飛べない。誰でも知っていることです。落ちてきます。死にます。あの高さから落ちれば死ぬことは子供のわたしでも分かります。地面に落ちます。その瞬間クマさんが何かをしました。すると、あたりに砂埃が舞います。

冒険者たちが地面に叩きつけられました。誰もかもが、彼らの死の瞬間を見たと思いました。

でも、冒険者たちは死んでいませんでした。冒険者は再度、上空に舞い上がったからです。

「ぎゃあああああああああああああああああ」

「お母さ─────さん」

「…………」

「…………」

その光景が何度も何度も繰り返されました。冒険者は空を飛び、落ちてくる。

そして最後に、冒険者たちはゆっくりと落ちてきました。

冒険者が地面に倒れます。誰も起き上がることができません。

口から泡を吹いて、白目を剝いています。

クマさん凄いです。

そのクマさんが冒険者たちに近づきます。手を伸ばすと、手につけたクマさんの口から

水が出てきて、男たちの頭にかけています。

どうやら、気を失っているのを無理やり起こしたみたいです。

男たちはクマさんを見て震えています。きっと水に濡れた寒さのせいじゃありません。

男たちは地面に頭を擦り付けるように平謝りをしました。

クマさんは興味なさそうに去っていきます。

わたしは大変なものを見てしまいました。

わたしは今日見たことを興奮しながらお父様に話しました。

「ああ、噂のクマか」

「お父様はあのクマさんのことを知っているのですか?」

「あっちこっちから報告が上がっているからな」

あのクマさん有名人だったんですね。

「お父様、クマさんのお話を聞かせてください」

そして聞かされた話はとても信じられない内容でした。

冒険者登録をした数日でウルフを数十匹倒し、ゴブリンを100匹と、一緒にいたゴブリンキングまで倒したそうです。

ゴブリンキング。聞いたことがあります。ゴブリンよりも凶悪で、強くて、何人もの冒険者が協力して倒さなければならないほど、強いって聞いたことがあります。

そんな魔物を倒せるなんて凄いクマさんです。

さらにそれだけでなく、タイガーウルフも討伐したそうです。

タイガーウルフはウルフより大きい魔物。家にもタイガーウルフの毛皮がありますが、大きいです。あれを、あのクマさんが倒したんですか、信じられません。

本日の勉強も終わり、午後は自由時間なので、街を探索します。

クマさんに会いたいな。冒険者ギルドに行けば会えるかな。

そんなことを考えながら歩いていると、

「クマの家見たか」「知らないうちにできたんだろう」「住んでいるのもクマって噂がある

ぞ」

「もしかして、あのクマか?」

クマの家?

意味が分かりません。クマの家とはどんな家なんでしょうか?

興味があります。盗み聞きした情報をもとにクマの家を探します。

残念です。

わたしはしばらく待ちましたが会えませんでした。

もしかすると、住んでいるクマさんに会えるかもしれません。

クマの家です。クマがいます。クマさんのお家です。

わたしは人の隙間から噂のクマの家を見ます。

人が遠巻きに集まっているからです。

簡単に見つかりました。

「ああ、俺も一度、会っておきたいからな」

「いいのですか?」

そんなことを言い出しました。

「そんなに会いたいなら、この屋敷に呼ぶか?」

お父様に今日のことを話したら、

嬉しいです。クマさんと会えます。
楽しみで仕方ありません。

そして、今日は待ちに待った、クマさんがやってくる日です。
クマさんが来るまで勉強をしないといけませんが、クマさんがいつ来るか気になって勉強どころではありません。ソワソワしながらクマさんを待っていると、メイドのララが部屋にやってきました。もしかして、クマさんが来たの！
わたしの行動が分かりやすかったのか、ララが笑顔でクマさんが来たことを教えてくれました。

走りだしたい気持ちを抑え、ララと一緒にクマさんがいる部屋に向かいます。
このドアの先にクマさんがいるんですね。ララがドアをノックしてドアが開きます。
どんな人なんでしょうか。抱きつかせてくれるかな。
わたしは嬉しい気持ちで、クマさんがいる部屋に入ったのでした。

## ノベルス版2巻 書店特典③　クマとの遭遇　ティルミナ編

不思議なクマの格好をした女の子のおかげで病気が治った。

苦しみから解放されるとは思わなかった。解放されるのは死ぬときだと思っていた。

娘たちと楽しく暮らせる日が戻ってくるとは思わなかった。

クマの格好をした女の子、ユナちゃんには感謝しきれない。

わたしがお礼をしたいと申し出ると、彼女は微笑みながら、とんでもないことを言いだした。

「フィナたちのために、2人は一緒に暮らしてあげて」

たしかに夫が亡くなってからゲンツにはお世話になった。

病気になったわたしのために薬を用意してくれたり、娘に仕事を斡旋してくれたりした。

冒険者時代も一緒に行動していたから、もちろん性格もよく分かっている。

この数年の間、頼りにしてきた。娘もよくしてもらい、お世話になっている。

好きかと問われれば分からない。嫌いかと問われれば嫌いではない。

でも、ゲンツが真剣に好きだと言ってくれたときは嬉しかった。このとき、わたしも好

きなんだと思った。

結婚は娘たちも許してくれた。そのときのゲンツが嬉しそうにしていたのが印象的だった。

そして、4人で住む場所を求めて、新居に引っ越しをする。

引っ越しもユナちゃんのおかげで早く終わった。本当にお世話になりっぱなしだ。お返しをしたくても、その方法が思い付かない。まさか、ゲンツと結婚をしたことでお返しになったとは思っていない。

結婚の条件はわたしたちを思ってしてくれたことだ。

娘の命を救われているし、食材も分けてもらっている。

娘もわたしも返し切れないほどの恩ができている。少しずつでも返さないといけないだろう。

とりあえず元気になったからには働かないと、お金は有限ではない。ゲンツは冒険者ギルドで働いているが、家を購入して貯金も減ってしまった。それにこの先誰かが病気にならないとも限らない。そのときのために蓄えは必要だ。

「わたし、冒険者になって働こうかしら」

食事のとき、みんなに言った。

「ウルフぐらいなら倒せるからランクの低い依頼を受けようと思うんだけど」

元冒険者だ。一人でウルフぐらい倒せる。そうすれば家計も楽になるし、蓄えもできる。

わたしはいい考えだと思って皆に言ったのだが、家族全員が反対した。

「だめだ。そんな危険なことはさせられない」

「大丈夫よ。ゲンツも知っているでしょう。わたしがウルフぐらい倒せることは」

「冒険者を引退して何年経つと思っているんだ。ブランクもある。危険だ!」

ゲンツが猛反対する。

「そうだよ。お母さん。危ないよ」

「お母さん。危険なことしちゃだめ」

左右から娘たちが抱き付いてくる。

「大丈夫よ。無理はしないから。それにお金は必要でしょう」

「おまえは、子供たちを残して死ぬつもりか! そんなに俺の稼ぎが信用できないのか!」

「そういうわけじゃないけど。引っ越しでお金もかなり使ったし、これからも必要になるでしょう」

「わたしが働くよ。ユナお姉ちゃんに頼んで、解体の仕事をたくさんもらって」

フィナまでがそんなことを言い始める。

わたしは一生懸命にみんなを説得するが、ゲンツは怒るわ、娘は泣きだすわ、大変な食事になってしまった。家族全員の反対に遭い、冒険者は諦めて商業ギルドで仕事を斡旋してもらうことで納得してもらった。

みんな、心配性なんだから。

翌日、仕事を探しに商業ギルドに向かう。

すると、ギルドの前でクマの格好をしたユナちゃんと会った。

商業ギルドにいる理由を聞かれたので、家族会議のことを説明する。

すると、ユナちゃんはとんでもないことを言い出した。

「ティルミナさん、わたしのところで働きませんか?」

なんでも商売をするから手伝ってほしいという。

詳しい話を聞くためにユナちゃんの家に行く。クマの家だ。何度見ても凄い。

仕事内容は卵の販売だそうだ。しかも、孤児院の近くの土地を購入して、建物も建てた

そうだ。鳥を用意して、これからどんどん増やしていくらしい。

話を聞いて、呆れてしまった。ユナちゃん、あなたは冒険者じゃなかったの?

でも、話を聞くと「卵が食べたいから自分のためだよ」と何度も言うが、孤児院の子供

たちのためってことが分かる。とっても優しい子だ。

フィナを救ってもらい、わたしも助けてもらい、ゲンツとわたしの背中を押してくれた

優しいクマの格好をした女の子。

だから、わたしはユナちゃんからの仕事の依頼を即答で受けることにした。

ユナちゃんに少しでも恩を返したかったし、孤児院の子供たちのために頑張るユナちゃ

んのお手伝いをしたいと思った。

商業ギルドに行き、細かい話を聞いていくと、かなりの金額の仕事になることを知った。

それなのに売り上げの全てをわたしに任せようとするユナちゃん。

信用してくれるのは嬉しいけど、さすがに金額が大きすぎる。

売り上げはユナちゃんとわたしのギルドカードに別々に振り込まれることになった。

わたしが管理するお金はお給金、必要経費などだ。他の売上金は全てユナちゃんのギルドカードに振り込まれることになった。

ユナちゃんの金銭感覚はどうなっているのか。でも、この行動を見るとお金を稼ぎたいわけじゃないことが分かる。たぶん、聞いても卵のためだよと言うだろう。本当に優しい女の子だ。

そして、わたしの仕事が始まった。

初めは鳥の数も少なかったが、どこからともなくユナちゃんが鳥を運んできて徐々に数が増え始める。

卵も数が少ないうちは高く売れて、数が増えていくと単価が下がっていく。

これなら、手間を考えれば少量を高く売ったほうが楽かもしれない。

でもユナちゃんは、卵の数を増やして単価を安くすれば、みんなが食べられるでしょうって笑いながら言った。

単価を高くすると、泥棒や強盗が現れるかもしれない。そうなれば孤児院の子供たちが危険な目に遭うかもしれない。でも、単価が安くなれば盗む価値もなくなり、子供たちが

危険な目に遭うこともないと考えているようだ。

お金儲けなどは考えず、孤児院の子供たちのことや、卵が誰でも食べられるようになることを考えている。

本当に15歳なのかと疑いたくなってくる。

大商人の娘と言われても信じてしまうかもしれない。

クマの格好をした優しい女の子。娘の大事な友人。恩を少しでも返すために頑張ろう。

でも、お給金をもらっているから、恩を返していることになるのかな。

さあ、今日も仕事だ。頑張ろう。

この本を読んでのご意見・ご感想・ファンレターをお待ちしております。

〒104-8357 東京都中央区京橋 3-5-7
（株）主婦と生活社 PASH! 文庫編集部
「くまなの先生」係

**PASH!文庫**

本書は2015年11月に当社より単行本として刊行されたものを文庫化したものです。
※この作品はフィクションであり、実在の人物・団体・法律・事件などとは一切関係ありません。

# くまクマ熊ベアー 2

2023年2月13日 1刷発行

| | | |
|---|---|---|
| 著 者 | **くまなの** | |
| イラスト | 029 | |
| 編集人 | 春名 衛 | |
| 発行人 | 倉次辰男 | |
| 発行所 | 株式会社主婦と生活社 | |
| | 〒104-8357 東京都中央区京橋 3-5-7 | |
| | [TEL] 03-3563-5315（編集）03-3563-5121（販売） | |
| | 　　　 03-3563-5125（生産） | |
| | [ホームページ]https://www.shufu.co.jp | |
| 製版所 | 株式会社二葉企画 | |
| 印刷所 | 大日本印刷株式会社 | |
| 製本所 | 株式会社若林製本工場 | |
| フォーマットデザイン | | ナルティス（原口恵理） |
| 編 集 | 山口純平 | |

©Kumanano　Printed in JAPAN ISBN 978-4-391-15920-2